U0154262

2011 不求人文化

2009 懶鬼子英日語

我識出版教育集團
I'm Publishing Edu. Group
www.17buy.com.tw

2005 意識文化

2005 易富文化

2003 我識地球村

2001 我識出版社

2011 不求人文化

2009 懶鬼子英日語

I'm Publishing Edu. Group
www.17buy.com.tw

2005 意識文化

2005 易富文化

2003 我識地球村

2001 我識出版社

睡前5分鐘的日語文法課

《睡前5分鐘的日語文法課》
讓你「學好文法就像睡覺一樣簡單！」

1

圖解131個文法單元

網羅131個最基礎、最重要的日語文法，配合插圖解釋，一次就可以進入文法學習狀態。

ユニット
008 日語的時態

過去	現在
赤ちゃんでした。	赤ちゃんです。
（曾是個小嬰兒。）	（是個小嬰兒。）

文法解說

　　日語的時態和英語比較起來顯然簡單許多，只分成「過去式」及「非過去式」兩種，而「非過去式」裡包含「現在式」和「未來式」，也就是說，日語裡的「現在式」和「未來式」是同一種表達方式。

過去式：私は先生でした。（我原本是老師）

非過去式（現在式／未來式）：私は先生です。（我是老師）

2

重點文法講解

有了文法的初步概念，再讀精要的文法解釋，讓你快速地抓到文法重點，一次就看懂。

用例句熟悉文法內容

パート 1 學習日語的第一步與名詞句型

★ ♪043-01 映画（えいが）は面白（おもしろ）かったです。（=映画（えいが）は面白（おもしろ）いです。）

強調用現在的心情描述當時的感受

（電影好好看。）

★ ♪043-02 あの人（ひと）はきれいでした。

（那個人當時很漂亮。）

★ ♪043-03 きのう、日本語（にほんご）を勉強（べんきょう）しました。

（昨天念了日語。）

★ ♪043-04 あの人（ひと）はきれいです。

（那個人很漂亮。）

★ ♪043-05 毎日（まいにち）、日本語（にほんご）を勉強（べんきょう）します。

（每天念日語。）

相關衍生字彙

♪043-06 つまらない
[tsu-ma-ra-na-i] **形** 無聊的

♪043-07 刺激的（しげきてき）な [shi-ge-ki-te-ki-na]
形 刺激的

♪043-08 感動的（かんどうてき）な [ka-n-dou-te-ki-na]
形 感動的

♪043-09 素晴（すば）らしい
[su-ba-ra-shii] **形** 很棒的

♪043-10 怖（こわ）い [ko-wa-i] **形** 恐怖的

♪043-11 楽（たの）しい [ta-no-shii]
形 開心的

用例句熟悉文法

學完文法馬上活用！
搭配適合睡前的 MP3
音檔讓你邊聽邊讀，
睡前 5 分鐘就能學好
句子與單字。

4

例句衍生單字

從例句找出單字做聯
想，讓你從例句中學
到更多單字。

043

使い方

⑤ 300個一定
用得到的生活單字

依據各種日常情境再幫你補充 300
個以上的生活單字，讀更多、記
更多！

😊 常見的電影類型

♪044-01 コメディ [ko-me-dhi]
🈂 喜劇

♪044-02 アクション [a-ku-syo-n]
🈂 動作片

♪044-03 ホラー [ho-raa]
🈂 恐怖片

♪044-04 探偵 [ta-n-tei]
🈂 偵探片

♪044-08 戦争 [se-n-sou]
🈂 戰爭片

♪044-05 SF [e-su-e-fu]
🈂 科幻片

♪044-06 ファンタジー [fa-n-ta-jii]
🈂 奇幻片

♪044-07 サスペンス [sa-su-pe-n-su]
🈂 驚悚片

♪044-09 アニメ [a-ni-me]
🈂 動畫片

♪044-10 恋愛 [re-n-a-i]
🈂 愛情片

😊 看電影前的準備

♪044-11 チケット [chi-ke-tto]
🈂 票券

♪044-12 チケット売場 [chi-ke-tto-u-ri-ba]
🈂 售票處

♪044-13 映画館 [e-ga-ka-n]
🈂 電影院

♪044-14 映画料金 [e-ga-ryou-ki-n]
🈂 電影票價

♪044-15 コーラ [koo-ra]
🈂 可樂

♪044-16 ポップコーン [po-ppu-koo-n]
🈂 爆米花

044

😊 不可不知的關鍵句型

♪045-01 全然、〜しません。
完全不〜

* ♪045-02 全然、勉強しません。
  （完全不念書。）

* ♪045-03 全然、掃除しません。
  （完全不打掃。）

* ♪045-04 全然、仕事しません。
  （完全不工作。）

* ♪045-05 全然、練習しません。
  （完全不練習。）

* ♪045-06 全然、ノックしません。
  （完全不敲門。）

パート1 學會日語的第一步與名詞句型

045

⑥ 70組不可
不知常用句型

學完文法還要會說常用句型！70
組生活一定用得到的句型，讓你
不只懂文法，更可以開口聊天。

004

7 光碟＋ VRP 虛擬點讀筆 App

除了睡前方便聆聽的 CD 光碟片，還有我們獨家開發的「VRP 虛擬點讀筆」App，只要利用手機掃描書中 QR code 就能聆聽音檔。本音檔為專業日籍老師所錄製，聲音優美，搭配中文解釋，讓你可以在睡前放鬆，學日語兼助眠，一舉兩得。

★ 本書附贈的 CD 為 MP3 格式音檔。
★ CD 片收錄全書中日語單字與例句。

CD 片

請放入電腦或是
播放器中聽

QR code

使用「VRP 虛
擬點讀筆」App
掃描書中 QR
Code（詳細說
明請見下頁）

VRP 使い方

線上下載「VRP 虛擬點讀筆」App

為幫助讀者更方便使用本書,特別領先全世界開發「VRP 虛擬點讀筆」App,安裝此App 後,將可以更有效率地利用本書學習。

讀者只要將本書結合已安裝「VRP 虛擬點讀筆」App 的手機,就能馬上利用手機隨時掃描書中的 QR Code 立即聽取本書的中日語單字、日語例句和短文,就像是使用「點讀筆」一樣方便,但卻不用再花錢另外購買「點讀筆」和「點讀書」。

虛擬點讀筆
APP 下載位置

「VRP 虛擬點讀筆」App 就是這麼方便!

1 讀者只要掃描右側的 QR Code 連結,就能立即免費下載「VRP 虛擬點讀筆」App。(僅限 iPhone 和 Android 二種系統手機)或是在 App Store 及 Google Play 搜尋「VRP 虛擬點讀筆」即可下載。

★ 若一開始沒有安裝「VRP虛擬點讀筆」App,掃描書中的QR Code將會導引至App Store或Google Play商店,點選下載App後即可使用。

2 打開「VRP虛擬點讀筆」後登入,若無帳號請先點選「加入會員」,完成註冊會員後即可登入。

❸ 「VRP 虛擬點讀筆」App下載完成後,可至 App 目錄中搜尋需要的音檔或直接掃描內頁 QR Code 一次下載至手機使用。(若以正常網速下載,所需時間約二至三分鐘;請盡量在優良網速環境下下載)。

從目錄搜尋

掃描每頁的QR Code

❹ 當音檔已完成下載後,讀者只要拿出手機並開啟「VRP 虛擬點讀筆」App,就能隨時掃描書中頁面的 QR Code 立即播放音檔(平均 1 秒內),且不需要開啟上網功能。

X1.0

調整播放速度0.8-1.2倍速

掃描音檔QR Code播放音檔

❺ 「VRP 虛擬點讀筆」App 就像是點讀筆一樣好用,還可以調整播放速度(0.8-1.2 倍速),配合學習步調。

❻ 如果讀者擔心音檔下載後太佔手機空間,也可以隨時刪除音檔,下次需要使用時再下載。購買本公司書籍的讀者等於有一個雲端的 CD 櫃可隨時使用。

長按CD封面出現 ⊗ 可刪除音檔

★ 「VRP虛擬點讀筆」App僅支援Android 4.3以上、iOS 9以上版本。

★ 雖然我們努力做到完美,但也有可能因為手機的系統版本和「VRP虛擬點讀筆」App不相容導致無法安裝,在此必須和讀者說聲抱歉,若無法正常使用,請讀者使用隨書附贈的CD。

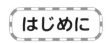

　　日語裡有句諺語説「塵も積もれば山となる」，意指積沙成塔，意思是告訴我們只要每天累積一點點，年久月深就會有一定的成果。

　　這本書正是寫給想利用零碎時間，像是等公車、搭捷運、下課時間甚至睡前五至十分鐘好好背三、四個必備單字、熟悉一個句型、認識一些新觀念的你。在如此前提下，本書所涉及的文法説明摒棄複雜的解説用語，盡量用最簡單的字彙，透過容易理解的口語方式以及日常生活中慣用的例句幫助你在短時間內深化記憶，迅速完備基礎文法概念，助你不僅在會話中朗朗上口，下筆書寫時亦能順暢自然，應付裕如。

本書《睡前5分鐘的日語文法課》內容編排、插圖設計配合單元內容呈現得活潑生動，適時扮演畫龍點睛的角色，讓整個頁面亮點處處，紓解不少閱讀文字時的疲勞。而外型設計成適合攜帶的小開本，口袋中、書包裡隨手放上一本，毫不佔空間，想看就取，時時開卷，你和知識的距離，是零。

感謝我的恩師亦是摯友的清水裕美子老師鼎力相助，讓這本書得以順利誕生；最後謹以「雨垂れ石を穿つ」這句話與你共勉，並祝各位都能發揮「滴水穿石」的力量，掌握漸字訣，在日語學習的道路上走得且踏實且快樂。

2019/12/6

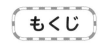
もくじ

來看看有哪些文法吧！

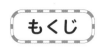

もくじ

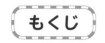

もくじ

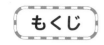

もくじ

パート1
學習日語的第一步
與名詞句型

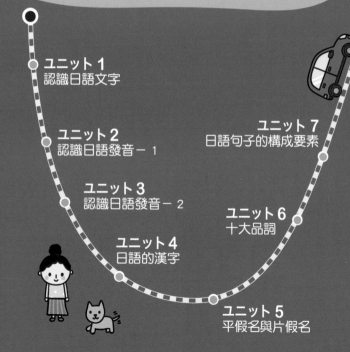

ユニット1
認識日語文字

ユニット2
認識日語發音－1

ユニット3
認識日語發音－2

ユニット4
日語的漢字

ユニット5
平假名與片假名

ユニット6
十大品詞

ユニット7
日語句子的構成要素

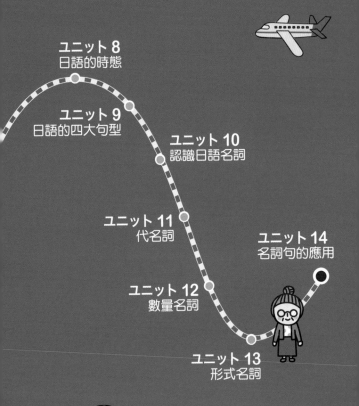

ユニット 8
日語的時態

ユニット 9
日語的四大句型

ユニット 10
認識日語名詞

ユニット 11
代名詞

ユニット 14
名詞句的應用

ユニット 12
數量名詞

ユニット 13
形式名詞

漢字　部屋
平假名　へや
羅馬字　AKANE
片假名　ドア

文法解說

日語的文字分成「漢字」、「平假名」、「片假名」、「羅馬字」等四種。

日本人在說、寫日文時有可能同時包含上述四種文字系統；但也可能出現一、兩種，像日本小學國語課本的某一冊目錄便如下所示全部只有平假名，這當然是因為小學生的漢字能力尚未健全，所以先用已學過的平假名來表音：

おばさんとおばあさん（阿姨和奶奶）
おもちやとおもちゃ（糕餅店和玩具）

甚至，日文有些單字裡就包含多種文字系統，像「消しゴム（橡皮擦）」這個字便同時出現漢字、平假名以及片假名。各位讀者，這是不是很好玩呢？

用例句熟悉文法內容

★ ♪023-01 山口茜さんは世界的なバドミントン選手です。彼女の部屋のドアに AKANE と書いてある札が掛けてあります。

（山口茜小姐是位世界級的羽球選手。她的房門上掛著一個門牌，上面寫著 **AKANE**）

★ ♪023-02 これはほんです。（這是一本書。）

★ ♪023-03 カタカナハ　ニホンゴノ　イッシュ　デアル。
（片假名是日文的一種。）【如果整個句子都片假名寫成，會比較難閱讀。】

★ ♪023-04 キュリー夫人はポーランドの生んだ科学者である。
（居里夫人是波蘭孕育的科學家。）

☆ 相關衍生字彙

♪023-05 お爺さん [o-jii-sa-n]
名 爺爺

♪023-06 おじさん [o-ji-sa-n]
名 叔叔、伯伯

♪023-07 お父さん [o-tou-sa-n]
名 爸爸

♪023-08 お母さん [o-kaa-sa-n]
名 媽媽

♪023-09 お兄さん [o-nii-sa-n]
名 哥哥

♪023-10 お姉さん [o-nee-sa-n]
名 姊姊

002 認識日語發音－1

日語母音
a i u e o

日語子音
**k s t n h
m y r w**

文法解說

　　日文的基本發音是由「a、i、u、e、o」等5個母音和「k、s、t、n、h、m、y、r、w」等九個子音搭配組合而成。我們來看看共有哪些發音：

行 段	a	i	u	e	o
♪024-01	a	a	i	u	e	o
♪024-02	ka	ka	ki	ku	ke	ko
♪024-03	sa	sa	shi	su	se	so
♪024-04	ta	ta	chi	tsu	te	to
♪024-05	na	na	ni	nu	ne	no
♪024-06	ha	ha	hi	fu	he	ho
♪024-07	ma	ma	mi	mu	me	mo
♪024-08	ya	ya		yu		yo
♪024-09	ra	ra	ri	ru	re	ro
♪024-10	wa	wa				wo
♪024-11		n				

　　將母音和子音搭配起來便形成「五十音表」。直排叫做「段」（例如以「a」為母音的叫「a 段」）；橫排稱為「行」（例如以子音「k」為首的叫「ka 行」）。

　　另外，藍字部份的發音比較特別，英文字母表記也跟同一行其他發音不同，要注意喔！還有要小心的是，由於日語中並沒有捲舌音，所以「ra 行」的五個字「ra、ri、ru、re、ro」唸起來應該比較像中文的「啦、利、嚕、咧、囉」才對哦！讀者可以多聽音檔練習發音。此外，「を」這個字除了唸成「wo」外也可以只唸成「o」。

　　以上的四十六個字是日語中最基本也是最重要的發音，我們稱之為「清音」，意謂清楚的、清脆的發音，但是，我們要會唸日文裡的所有單字，光只認識基本發音還不夠用，所以又從「清音」衍生出其他進階發音（或理解為特殊發音亦可），但讀者千萬別在此望而卻步，其實其他進階發音都是從基本發音的「清音」變來的，所以只要搞懂「清音」，其他進階發音自然迎刃而解。進階發音包含「濁音」、「半濁音」、「促音」、「長音」、「拗音」等等。

| 濁音與半濁音 |

　　相對於「清音」，濁音唸起來較不清楚、較不清脆。發音方式是把「ka 行」、「sa 行」、「ta 行」、「ha 行」等二十個字唸得重一點，也就是變成「ga 行」、「za 行」、「da 行」、「ba 行」。而半濁音是把中文注音符號「ㄆ」的發音加進來。發音方式是把「ha 行」的五個字唸成「pa 行」。

濁音					
段 行	**a**	**i**	**u**	**e**	**o**
♪026-01	**ga**	**gi**	**gu**	**ge**	**go**
♪026-02	**za**	ji	zu	**ze**	**zo**
♪026-03	**da**	ji	zu	**de**	**do**
♪026-04	**ba**	**bi**	**bu**	**be**	**bo**
半濁音					
♪026-05	**pa**	**pi**	**pu**	**pe**	**po**

　　讀者得留意，當「清音」當中的二十個字轉化成「濁音」後，裡面有兩組字各自發音相同，一組是「**ji**」，另一組是「**zu**」。還有藍色字的「**ba、bi、bu、be、bo**」這五個發音唸起來應該和台語的「肉、米、母、馬、某」比較像才對哦！

| 促音 |

　　意指短促的發音，短到幾乎不發音，但卻又佔著一個音節的位置，所以讀者在唸這個特殊音節時先練習把該音節 **hold** 住、頓在胸口，然後再連下一個音節吐出去。促音的表記方式是在右下方加上「小つ」，為方便讀者理解，我們直接套用平、片假名，例如：

♪026-06 切手（郵票）

♪026-07 ベッド（床）

♪026-08 はっきり（清楚地）

♪026-09 しっぽ（尾巴）

♪026-10 頬っぺた（臉頰）

♪026-11 しっかり（好好地）

| 長音 |

顧名思義，就是把發音拉長，把前面的音節延長一拍。讀者記住，遇到兩個母音連在一起，就延續發音，不要中斷。平、片假名的長音規則稍為不同，在此分開說明。且為方便讀者理解，我們直接套用平、片假名。平假名的發音規則如下：

長音規則	單字	發音變化
あ段音＋あ	お母さん（母親）	[ka]+[a] → [kaa]
い段音＋い	お兄さん（哥哥）	[ni]+[i] → [nii]
う段音＋う	普通（一般、普通車）	[tsu]+[u] → [tsuu]
え段音＋え	お姉さん（姊姊）	[ne]+[e] → [nee]
え段音＋い	先生（老師）	[se]+[i] → [sei]
お段音＋お	十日（十號）	[to]+[o] → [too]
お段音＋う	お父さん（父親）	[to]+[u] → [tou]

片假名長音發音規則更加簡單，只要加上「ー」這一橫的符號即可，例如：

♪027-01 コーヒー（咖啡）　　　♪027-04 パート（部分）

♪027-02 カー（車子）　　　　　♪027-05 キー（鑰匙）

♪027-03 ディズニーランド（迪士尼樂園）

003 認識日語發音－2

ki + yo = kyo

今日（きょう）はいい天気（てんき）ですね。

（今天是個好天氣呢。）

文法解說

　　進階發音中的「拗音」，顧名思義，就是指把發音給「硬拗」過去，且由於它放於平、片假名系統時的發音規則稍為不同，在此分開說明。平假名的發音規則為「i 段音（除了 i 以外）＋ya、yu、yo」。例如：

ki + ya → kya
ki + yu → kyu
ki + yo → kyo
shi + ya → sya
shi + yu → syu
shi + yo → syo

パート
1

學習日語的第一步與名詞句型

　　另外要提醒讀者注意的是，片假名為了更精準地拼出外來語的發音，故其「拗音」發音規則更加多元化，讀者不妨簡單記成「某子音＋ya、yu、yo、a、i、u、e、o」。例如：

♪029-01 シャツ [sya-tsu]
襯衫（英文的 shirts）

♪029-04 ニュース [nyuu-su]
新聞（英文的 news）

♪029-02 チョーク [choo-ku]
粉筆（英文的 chalk）

♪029-05 ソファー [so-faa]
沙發（英文的 sofa）

♪029-03 ティータイム [thii-ta-i-mu]
下午茶時間（英文的 teatime）

♪029-06 フォーク [foo-ku]
叉子（英文的 fork）

ユニット
004 日語的漢字

か ぞく
家族

[i-e]?

いえ
家

[ka]?

文法解說

　　漢字是指西元前十多世紀誕生於中國，藉由象形、指事等造字規則所衍生的表意文字，據說字數多達五萬。漢字後來透過各種方式及管道流傳至朝鮮、越南等國家，當然也包括日本。流傳至日本的漢字在生活中被廣泛使用，其中，「一般通用漢字」約有三千字，「常用漢字」則有一千九百四十五字。

　　漢字流傳至日本的過程中產生了兩種現象。一是字形改變的現象、二是字義改變的現象；字形改變就是寫法和我們目前認知的國字不太一樣，像日語漢字的「歲」和國字的「歲」、「步」和「步」等，例子不勝枚舉，讀者在書寫時務必當心。另外，字義改變是指字面上的意義和我們認知中的國字意義大不相同，例如：

漢字中的「怪我（けが）」指的是受傷，而「留守（るす）」更是指不在家，真是啼笑皆非。漢字的讀法分成「音讀（接近原本發音）」和「訓讀（日本自創的發音）」兩種；例如「海」這個字的音讀唸成「かい（kai）」、訓讀則唸成「うみ（umi）」。我們多舉一些漢字和中文意思大不相同的單字：

日語	中文	日語	中文
一家心中（いっ か しんじゅう）	全家自殺	不況（ふ きょう）	經濟不景氣
小切手（こ ぎって）	支票	顔色（かお いろ）	臉色；氣色
消印（けしいん）	郵戳	真面目（ま じ め）	認真的
身内（み うち）	自己人	吸殻（すい がら）	菸蒂

🌟 相關衍生字彙

♪031-01 宇宙人（う ちゅうじん） [u-chuu-ji-n]
　　名 外星人

♪031-02 宇宙飛行士（う ちゅう ひ こう し） [u-chuu-hi-kou-shi]
　　名 太空人

♪031-03 宇宙船（う ちゅうせん） [u-chuu-se-n]
　　名 太空船

♪031-04 天の川（あま がわ） [a-ma-no-ga-wa]
　　名 銀河（系）

♪031-05 ブラックホール
[bu-ra-kku-hoo-ru] 名 黑洞

♪031-06 地球（ち きゅう） [chi-kyuu] 名 地球

文法解說

透過之前的單元認識了日語的基本發音後，現在要把文字連結在一起了。相對於傳自中國的漢字屬於表意文字，從漢字的草書字體及楷書字體簡化而來的平假名、片假名便屬於表音文字（或稱音節文字），有四十六個字。

| 平假名的功能 |

1. 幫助漢字標註注音：一般的書、報及雜誌裡的漢字通常以平假名標註注音。例如：宇宙旅行（うちゅうりょこう）。

2. 構成單字：日語裡的單字不一定都有漢字，像「はっきり（清楚地）」這類字就由平假名單純構成。

以下是「五十音表」的「平假名」表記，左邊的中文字為其語源：

♪033-01

段＼行	あ	い	う	え	お
あ	あ（安）	い（以）	う（宇）	え（衣）	お（於）
か	か（加）	き（幾）	く（久）	け（計）	こ（己）
さ	さ（左）	し（之）	す（寸）	せ（世）	そ（曽）
た	た（太）	ち（知）	つ（川）	て（天）	と（止）
な	な（奈）	に（仁）	ぬ（奴）	ね（祢）	の（乃）
は	は（波）	ひ（比）	ふ（不）	へ（部）	ほ（保）
ま	ま（末）	み（美）	む（武）	め（女）	も（毛）
や	や（也）		ゆ（由）		よ（与）
ら	ら（良）	り（利）	る（留）	れ（礼）	ろ（呂）
わ	わ（和）				を（遠）
ん	ん（无）				

| 片假名的功能 |

　　1. 幫助漢字標註注音：像在寫履歷表等正式文件時，漢字上方通常以片假名標註注音。例如：**鈴木文啓**。

　　2. 加強語氣：意思是原本該用平假名表示的地方卻刻意用片假名表達，藉此加強語氣，例如，「**かんかんに怒る**（氣得要死）」會刻意表達成「**カンカンに怒る**」。或者意圖模仿一個日語發音不好的外國人說日文時，例如「**私は会社員です**」會刻意用「**ワタシハカイシャインデス**」表達，藉此突顯其失準的發音。

　　3. 表示外來語：日語中有些用語會直接採用原文的語言，從英語、荷蘭文、葡萄牙文到義大利文、德文和法文都有。如：**バス**（巴士）**ラッシュ**（塞車）、**コーヒー**（咖啡）、**ポン酢**（橘醬）、**ゴム**（橡膠）、**ボタン**（鈕扣）、**オペラ**（歌劇）、**スパゲッティ**（義大利麵）、**アルバイト**（打工）、**デッサン**（草圖）、**フィアンセ**（未婚夫妻）……等，其他甚至還有源自中文、韓文、馬來西亞文、爪哇文等外來語，可謂多彩多姿。

以下是「五十音表」的「片假名」表記，左邊的中文字為其語源：

♪035-01

段 \ 行	ア	イ	ウ	エ	オ
語源 / 片假名	阿 ア 加 カ 散 サ 多 タ 奈 ナ 八 ハ 末 マ 也 ヤ 良 ラ 和 ワ 尒 ン	伊 イ 幾 キ 之 シ 千 チ 仁 ニ 比 ヒ 三 ミ 利 リ	宇 ウ 久 ク 須 ス 川 ツ 奴 ヌ 不 フ 牟 ム 由 ユ 流 ル	江 エ 介 ケ 世 セ 天 テ 祢 ネ 部 ヘ 女 メ 礼 レ	於 オ 己 コ 曽 ソ 止 ト 乃 ノ 保 ホ 毛 モ 与 ヨ 呂 ロ 乎 ヲ

ユニット
006 十大品詞

品詞

- 自立語
  - 有變化
    - 可當述語
  - 無變化
    - 可當主語
    - 不可當主語
- 附屬語
  - 有變化
    - 9. 助動詞
  - 無變化
    - 10. 助詞

可修飾其他品詞 ・ 不可修飾其他品詞

7. 接續詞　8. 感嘆詞

4. 名詞　5. 副詞　6. 連體詞

1. 動詞　2. 形容詞（い形容詞）　3. 形容動詞（な形容詞）

文法解說

自立語是指該詞類可以單獨使用甚至構句；而附屬語，顧名思義，是指該詞類得依賴其他詞類才能使用，它當然更沒有資格構句。我們把日語比喻成一棵樹的話，那麼自立語即是樹幹、枝枒，附屬語便好像綠葉、紅花，有樹幹、枝枒，有綠葉、紅花方能讓整棵樹顯得完整、有生命，栩栩如生。

「變化」二字，讀者不妨簡單地先記成是敘述句子時（或幫助句子）所產生一些類似肯定、否定、時態或語氣上的改變，拿動詞來說，它就可以依照要產生否定、中止、終止、修飾名詞、假設、命令、意志等意義而有不同的面相。

至於主語、述語等字義將於下一單元說明。而十大品詞各自的意義及用法則留待後續各章節及小單元中再向讀者說明。

用例句熟悉文法內容

★ ♪037-01 この 夏、可愛い 花ちゃん は 初めて
連體詞　名詞　形容詞　　　名詞　助詞　副詞

海外旅行 に 行き まし た。
名詞　助詞　動詞　助動詞　助動詞

（這個夏天，可愛的阿花第一次出國玩了。）

相關衍生字彙

♪037-02 春 [ha-ru] 名 春天

♪037-04 冬 [fu-yu] 名 冬天

♪037-03 秋 [a-ki] 名 秋天

♪037-05 観光 [ka-n-kou] 名 觀光

文法解說

　　日語的句子構造分成三大部份，分別是「主語」、「助詞」及「述語」。排列成句子的話就長成下面的樣子。

　　主語＋助詞＋述語

　　主語：即以往各位讀者學習英語時的主詞，簡單地說，句子中被敘述的對象或執行動作的詞便叫做主詞，日語稱之為主語。

　　助詞：顧名思義，就是幫助其他語詞甚或整個句子表達出更完整意思的詞類。（詳細請參考パート 4，**P.150**）

　　述語：整個句子中敘述的部分。

用例句熟悉文法內容

★ 敘述主語的身份等，就用名詞來當述語，例如：

♪039-01 私 は 学生です。
主語　助詞　名詞述語

（我是學生。）

★ 敘述主語的性質、狀態，就用形容詞當述語，例如：

♪039-02 日本語 は 難しいです。
主語　　助詞　　形容詞述語

（日語很難。）

♪039-03 体 こそ 丈夫ではないが。
主語　助詞　　　形容動詞述語

（身體雖然不好，但……）

★ 敘述主語的動作樣態，就用動詞當述語，例如：

♪039-04 私 も 行きます。
主語　助詞　動詞述語

（我也要去。）

🎀 相關衍生字彙

♪039-05 英語 [ei-go] 名 英語

♪039-06 中国語 [chuu-go-ku-go]
名 中文

♪039-07 韓国語 [ka-n-ko-ku-go]
名 韓語

♪039-08 簡単な [ka-n-ta-n-na]
形動 簡單的

♪039-09 サラリーマン
[sa-ra-rii-ma-n] 名 上班族

♪039-10 医者 [i-sya] 名 醫生

 認識身體部位

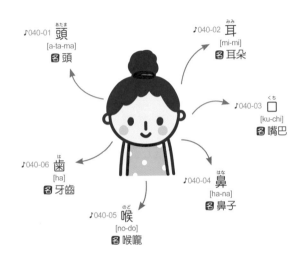

♪040-01 <ruby>頭<rt>あたま</rt></ruby>
[a-ta-ma]
名 頭

♪040-02 <ruby>耳<rt>みみ</rt></ruby>
[mi-mi]
名 耳朵

♪040-03 <ruby>口<rt>くち</rt></ruby>
[ku-chi]
名 嘴巴

♪040-04 <ruby>鼻<rt>はな</rt></ruby>
[ha-na]
名 鼻子

♪040-05 <ruby>喉<rt>のど</rt></ruby>
[no-do]
名 喉嚨

♪040-06 <ruby>歯<rt>は</rt></ruby>
[ha]
名 牙齒

⭐ 眼睛是靈魂之窗

♪040-07 <ruby>眉毛<rt>まゆげ</rt></ruby> [ma-yu-ge] 名 眉毛

♪040-08 <ruby>睫<rt>まつげ</rt></ruby> [ma-tsu-ge] 名 眼睫毛

♪040-09 <ruby>目<rt>め</rt></ruby> [ne] 名 眼睛

♪040-10 <ruby>瞳<rt>ひとみ</rt></ruby> [hi-to-mi] 名 瞳孔

⭐ 身體的其他部位

♪040-11 <ruby>心<rt>こころ</rt></ruby> [ko-ko-ro] 名 心

♪040-12 <ruby>手<rt>て</rt></ruby> [te] 名 手

♪040-13 <ruby>足<rt>あし</rt></ruby> [a-shi] 名 腳

♪040-14 <ruby>腹<rt>はら</rt></ruby> [ha-ra] 名 肚子

♪040-15 <ruby>肩<rt>かた</rt></ruby> [ka-ta] 名 肩膀

 不可不知的關鍵句型

パート **1**

學習日語的第一步與名詞句型

♪041-01 **～は～です。～は？**

～是～。而～呢？

★ ♪041-02 **あたしは丸子です。あなたは？**

（我是小丸子。你呢？）

★ ♪041-03 **僕は台湾人です。君は？**

（我是台灣人。妳呢？）

★ ♪041-04 **これは日本製です。それは？**

（這是日本製的。那個呢？）

★ ♪041-05 **紳士服はこちらです。婦人服は？**

（男裝在這邊。女裝呢？）

★ ♪041-06 **赤いのは百円です。青いのは？**

（紅色的是一百日圓。藍色的呢？）

041

過去	現在
赤ちゃんでした。	赤ちゃんです。
（曾是個小嬰兒。）	（是個小嬰兒。）

文法解說

　　日語的時態和英語比較起來顯然簡單許多，只分成「過去式」及「非過去式」兩種，而「非過去式」裡包含「現在式」和「未來式」，也就是說，日語裡的「現在式」和「未來式」是同一種表達方式。

過去式：私は先生でした。（我原本是老師）

非過去式（現在式／未來式）：私は先生です。（我是老師）

用例句熟悉文法內容

★ ♪043-01 <ruby>映画<rt>えい が</rt></ruby>は<ruby>面白<rt>おも しろ</rt></ruby>かったです。（=<ruby>映画<rt>えい が</rt></ruby>は<ruby>面白<rt>おも しろ</rt></ruby>いです。）

強調用現在的心情描述當時的感受

（電影好好看。）

★ ♪043-02 あの<ruby>人<rt>ひと</rt></ruby>はきれいでした。

（那個人當時很漂亮。）

★ ♪043-03 きのう、<ruby>日本語<rt>に ほん ご</rt></ruby>を<ruby>勉強<rt>べん きょう</rt></ruby>しました。

（昨天念了日語。）

★ ♪043-04 あの<ruby>人<rt>ひと</rt></ruby>はきれいです。

（那個人很漂亮。）

★ ♪043-05 <ruby>毎日<rt>まい にち</rt></ruby>、<ruby>日本語<rt>に ほん ご</rt></ruby>を<ruby>勉強<rt>べん きょう</rt></ruby>します。

（每天念日語。）

🌟 相關衍生字彙

♪043-06 つまらない
[tsu-ma-ra-na-i] 形 無聊的

♪043-07 <ruby>刺激的<rt>し げき てき</rt></ruby>な [shi-ge-ki-te-ki-na]
形動 刺激的

♪043-08 <ruby>感動的<rt>かん どう てき</rt></ruby>な [ka-n-dou-te-ki-na]
形動 感動的

♪043-09 <ruby>素晴<rt>す ば</rt></ruby>らしい
[su-ba-ra-shii] 形 很棒的

♪043-10 <ruby>怖<rt>こわ</rt></ruby>い [ko-wa-i] 形 恐怖的

♪043-11 <ruby>楽<rt>たの</rt></ruby>しい [ta-no-shii]
形 開心的

 常見的電影類型

♪044-01 **コメディ** [ko-me-dhi]
名 喜劇

♪044-02 **アクション**
[a-ku-syo-n] **名** 動作片

♪044-03 **ホラー** [ho-raa]
名 恐怖片

♪044-04 **探偵** [ta-n-tei]
名 偵探片

♪044-05 **戦争** [se-n-sou]
名 戰爭片

♪044-06 **SF** [e-su-e-fu]
名 科幻片

♪044-07 **ファンタジー**
[fa-n-ta-jii] **名** 奇幻片

♪044-08 **サスペンス**
[sa-su-pe-n-su] **名** 驚悚片

♪044-09 **アニメ** [a-ni-me]
名 動畫片

♪044-10 **恋愛** [re-n-a-i]
名 愛情片

看電影前的準備

♪044-11 **チケット** [chi-ke-tto]
名 票券

♪044-12 **チケット売場**
[chi-ke-tto-u-ri-ba] **名** 售票處

♪044-13 **映画館** [ei-ga-ka-n] **名** 電影院

♪044-14 **映画料金** [ei-ga-ryou-ki-n]
名 電影票價

♪044-15 **コーラ** [koo-ra] **名** 可樂

♪044-16 **ポップコーン**
[po-ppu-koo-n] **名** 爆米花

 不可不知的關鍵句型

♪045-01 **全然、～しません。**

完全不～

★ ♪045-02 **全然、勉強しません。**

（完全不念書。）

★ ♪045-03 **全然、掃除しません。**

（完全不打掃。）

★ ♪045-04 **全然、仕事しません。**

（完全不工作。）

★ ♪045-05 **全然、練習しません。**

（完全不練習。）

★ ♪045-06 **全然、ノックしません。**

（完全不敲門。）

ユニット 009 日語的四大句型

A は B です。（名詞句）

いです。（形容詞句）

なです。（形容動詞句）

ます。（動詞句）

文法解説

日語依照述語詞性的不同共分成四種述語，分別是「名詞述語」、「形容詞述語」、「形容動詞述語」及「動詞述語」，也就是四大句型，讀者可依下述的句子分別套入述語即可：

| 名詞句 |

A は B です。（A是B。）【現在／未來・肯定】

A は B ではありません。（A不是B。）【現在／未來・否定】

A は B でした。（A原本是B。）【過去・肯定】

A は B ではありませんでした。（A原本不是B。）【過去・否定】

| 形容詞句 |

A は **B** いです。（A很B。）【現在／未來・肯定】

A は **B** いくないです。（A不B。）【現在／未來・否定】

A は **B** いかったです。（A原本B。）【過去・肯定】

A は **B** いくなかったです。（A原本不B。）【過去・否定】

| 形容動詞句 |

A は **B** なです。（A是B。）【現在／未來・肯定】

A は **B** なではありません。（A不B。）【現在／未來・否定】

A は **B** なでした。（A原本B。）【過去・肯定】

A は **B** なではありませんでした。（A原本不B。）【過去・否定】

| 動詞句 |

A は **B** ます。（A要做B這個動作。）【現在／未來・肯定】

A は **B** ません。（A不做B這個動作。）【現在／未來・否定】

A は **B** ました。（A做過B這個動作了。）【過去・肯定】

A は **B** ませんでした。（A沒做B這個動作。）【過去・否定】

010 認識日語名詞

犬
名 狗

女子
名 女生

猫
名 貓

文法解說

　　日語裡的名詞屬於自立語（參考ユニット 006），它本身就可以表達各種事物，具體、抽象皆然；它不會產生變化，讀者怎麼認識它、怎麼背它，它就永遠長那樣，不會突然變成另一個樣貌；名詞可當主語（英語的觀念中稱之為主詞），也可當述語（參考ユニット 007）。

　　日語裡的名詞可分成普通名詞、固有名詞、代名詞、數量名詞、形式名詞等，各自的意涵不同，句中著重的重點或扮演的角色自然也就不一樣。

　　普通名詞通常指人、物、概念等的一般名稱。即指通用於一般生活中的同類事物者，像花、春、猫、バス……等等。

固有名詞指人名、地方名稱、組織機構名稱、書名等的專有的名稱。像夏目漱石、マッカーサー（麥克阿瑟）、富士山、首里城、竹取物語……。

用例句熟悉文法內容

| 普通名詞當主語 |

♪049-01 猫がベランダにいます。（貓在陽台。）

| 普通名詞當述語 |

♪049-02 これは桜の花です。（這是櫻花。）

| 固有名詞當主語 |

♪049-03 これは夏目漱石が書いた本です。
（這是夏目漱石寫的書。）

| 固有名詞當述語 |

♪049-04 あちらにあるのが首里城ですよ。
（那邊就是首里城哦！）

⭐ 相關的衍生字彙

♪049-05 硬貨 [kou-ka] 名 硬幣

♪049-06 紙幣 [shi-hei] 名 紙鈔

♪049-07 お金 [o-ka-ne] 名 錢

♪049-08 皇居 [kou-kyo] 名 皇宮

011 代名詞

あそこ
名（更遠的）那裡

そこ
名 那裡

ここ
名 這裡

文法解說

不用某事物的名稱，但直接指著該事物加以稱呼的詞類叫做代名詞。日語的代名詞分成指示代名詞及人稱代名詞兩大類。

指示代名詞指事物、地點、方向方位的代名詞。整理如下：

		事物	地點	方向方位
♪050-01	近稱	これ	ここ	こちら（こっち）
♪050-02	中稱	それ	そこ	そちら（そっち）
♪050-03	遠稱	あれ	あそこ	あちら（あっち）
♪050-04	不定稱	どれ	どこ	どちら（どっち）

人稱代名詞指稱人所用的代名詞，依照第一人稱、第二人稱、第三人稱及客氣與否整理如下：

人稱 對象	第一人稱	第二人稱	第三人稱			不定稱
			近稱	中稱	遠稱	
♪051-01 長輩	わたくし	あなた様	この方	その方	あの方	どの方／ どなた様
♪051-02 平輩	わたし	あなた	この人	その人	あの人	どの人／ どなた
♪051-03 晚輩	僕（男） ／あたし （女）	君	これ	それ	あれ	どれ／ だれ

用例句熟悉文法內容

| 人稱代名詞當主語 |

♪051-04 どの人が鈴木さんですか。（哪位是鈴木先生？）

| 人稱代名詞當述語 |

♪051-05 鈴木さんはあの方ですよ。（鈴木先生是那一位哦。）

| 指示代名詞當主語 |

♪051-06 これが日本製です。（這個是日本製。）

| 指示代名詞當述語 |

♪051-07 視聴覚教室はあちらです。（視聽教室在那一邊。）

♪052-01 私 [wa-ta-shi] 名 我（男女通用，較客氣）

♪052-02 僕 [bo-ku] 名 我（男性自稱）

♪052-03 俺 [o-re] 名 我（男性自稱，較粗魯）

♪052-04 あたし [a-ta-shi] 名 我（女性較不拘謹的自稱）

♪052-05 うち [u-chi] 名 我（源自關西的女性自稱）

♪052-06 私たち [wa-ta-shi-ta-chi] 名 我們

♪052-07 あなた [a-na-ta] 名 你

♪052-08 あなたたち [a-na-ta-ta-chi] 名 你們

♪052-09 君 [ki-mi] 名 你（用於朋友或晚輩之間）

♪052-10 彼 [ka-re] 名 他、男朋友

♪052-11 彼ら [ka-re-ra] 名 他們

♪052-12 彼女 [ka-no-jo] 名 她、女朋友

♪052-13 彼女たち [ka-no-jo-ta-chi] 名 她們

⭐ 好朋友們的單字

♪052-14 友達 [to-ma-da-chi] 名 朋友

♪052-15 友人 [yuu-ji-n] 名 朋友

♪052-16 親友 [shi-n-yuu] 名 摯友

♪052-17 ボーイフレンド [boo-i-fu-re-n-do] 名 男朋友

♪052-18 ガールフレンド [gaa-ru-fu-re-n-do] 名 女朋友

 不可不知的關鍵句型

♪053-01 ～はどちらですか？

～在哪邊呢？

★ ♪053-02 トイレはどちらですか？
（廁所在哪邊呢？）

★ ♪053-03 病院はどちらですか？
（醫院在哪邊呢？）

★ ♪053-04 コンビニはどちらですか？
（便利商店在哪邊呢？）

★ ♪053-05 駅はどちらですか？
（車站在哪邊呢？）

★ ♪053-06 空港はどちらですか？
（機場在哪邊呢？）

ユニット
012 数量名詞

二人<ruby>ふたり</ruby>います。
（有兩個人。）

ふねが一艘<ruby>いっそう</ruby>あります。
（有一艘船。）

文法解説

　　數量名詞，就是結合數及量的名詞，但本單元不加以細談，僅就意義上大致分成表示數量及表示時間兩大項以方便讀者應用。另外，數量名詞用於句中時位置變化多端，建議讀者加以比較。

| 表示數量 |

　　一本<ruby>いっぽん</ruby>（一根／支）、二階<ruby>にかい</ruby>（二樓）、三冊<ruby>さんさつ</ruby>（三本）、四人<ruby>よにん</ruby>（四人）、五匹<ruby>ごひき</ruby>（五隻）……

| 表示時間 |

　　一秒<ruby>いちびょう</ruby>（一秒）、二分<ruby>にふん</ruby>（二分／分鐘）、三時<ruby>さんじ</ruby>（三點）、四日<ruby>よっか</ruby>（四號／天）、五月<ruby>ごがつ</ruby>（五月份）……

054

用例句熟悉文法內容

★ ♪055-01 バナナを一本_{ぽん}買_かいました。
（買了一根香蕉。）

★ ♪055-02 一本_{ぽん}のバナナを買_かいました。
（買了一根香蕉。）

★ ♪055-03 バナナ一本_{ぽん}を買_かいました。
（買了一根香蕉。）

★ ♪055-04 一年_{ねん}は 365 日_{にち}です。
（一年有三百六十五天。）

★ ♪055-05 到着_{とうちゃく}は午後三時_{ごごさんじ}になります。
（下午三點抵達。）

★ ♪055-06 これは五月_{ごがつ}に買_かったシャツです。
（這是五月買的襯衫。）

😊 相關的衍生字彙

♪055-07 本_{ほん} [ho-n]
　　　名 支（細長的東西）

♪055-08 冊_{さつ} [sa-tsu] 名 本（書本）

♪055-09 台_{だい} [da-i]
　　　名 輛／台（車子、機器）

♪055-10 枚_{まい} [ma-i]
　　　名 張／件（薄的東西）

♪055-11 個_こ [ko] 名 個

♪055-12 歳_{さい}／才_{さい} [sa-i] 名 歳數

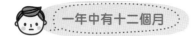 一年中有十二個月

♪056-01 一月 いち がつ [i-chi-ga-tsu]
名 一月

♪056-02 二月 に がつ [ni-ga-tsu] 名 二月

♪056-03 三月 さん がつ [sa-n-ga-tsu]
名 三月

♪056-04 四月 し がつ [shi-ga-tsu]
名 四月

♪056-05 五月 ご がつ [go-ga-tsu]
名 五月

♪056-06 六月 ろく がつ [ro-ku-ga-tsu]
名 六月

♪056-07 七月 しち がつ [shi-chi-ga-tsu]
名 七月

♪056-08 八月 はち がつ [ha-chi-ga-tsu]
名 八月

♪056-09 九月 く がつ [ku-ga-tsu]
名 九月

♪056-10 十月 じゅう がつ [juu-ga-tsu]
名 十月

♪056-11 十一月 じゅういち がつ
[juu-i-chi-ga-tsu]
名 十一月

♪056-12 十二月 じゅう に がつ [juu-ni-ga-tsu]
名 十二月

😊 日語中的訓讀數詞

♪056-13 一つ ひと [hi-to-tsu] 名 一個

♪056-14 二つ ふた [fu-ta-tsu] 名 兩個

♪056-15 三つ みっ [mi-ttsu] 名 三個

♪056-16 四つ よっ [yo-ttsu] 名 四個

♪056-17 五つ いつ [i-tsu-tsu] 名 五個

♪056-18 六つ むっ [mu-ttsu] 名 六個

♪056-19 七つ なな [na-na-tsu] 名 七個

♪056-20 八つ やっ [ya-ttsu] 名 八個

♪056-21 九つ ここの [ko-ko-no-tsu] 名 九個

♪056-22 十 とお [too] 名 十個

 不可不知的關鍵句型

パート 1

學習日語的第一步與名詞句型

♪057-01 **～を～ください。**

請給我～（單位）～

★ ♪057-02 ビールを一本ください。
（請給我一罐啤酒。）

★ ♪057-03 葉書を二枚ください。
（請給我兩張明信片。）

★ ♪057-04 ご飯を三杯ください。
（請給我三碗飯。）

★ ♪057-05 ノートを四冊ください。
（請給我四本筆記本。）

★ ♪057-06 りんごを五つください。
（請給我五顆蘋果。）

057

私は日本語を話すことができます。
動詞名詞化

（我會說日語。）

初めまして。

文法解說

　　形式名詞有點像英語裡的動名詞或名詞片語甚至名詞子句，它最主要的功能是幫助前面的句子名詞化。常用的形式名詞有：もの、こと、の等等，且基本上不用漢字表達。

　　もの：表示應該～；本性；感嘆。

　　こと：表示經驗；說明；情況；前面名詞的相關資訊；興趣、夢想、願望、專長等內容；能力內容；動詞名詞化。

　　の：表示取代具體的人、事、物。

058

用例句熟悉文法內容

★ ♪059-01 陰で人の悪口を言うものじゃない！
　　　　　　　　　　　　　表示應該～

（不可以在背地裡講人壞話！）

★ ♪059-02 人の心はなかなか分からないものです。
　　　　　　　　　　　　　　　　　　　表示本性

（人心真難懂。）

★ ♪059-03 人生って、不思議なものですね。
　　　　　　　　　　　　　表示感嘆

（人生，真是不可思議啊！）

★ ♪059-04 日本に行ったことがありません。
　　　　　　　　　　　　表示經驗內容

（不曾去過日本。）

★ ♪059-05 私の趣味は映画を見ることです。
　　　　　　　　　　　　　　　表示興趣內容

（我的興趣是看電影。）

★ ♪059-06 カンニングをするのを止めてください。
　　　　　　　　　　　　　　指動作本身

（請勿作弊。）

★ 「の」和「こと」超級比一比！

	接續的慣用動詞	慣用法
の	聞こえます（聽得見）、待ちます（等待）、やめます（停止）、見えます（看得見）、手伝います（幫忙）、邪魔します（打擾）、写します（拍照）、止めます（停、泊）…	取代具體的人、事、物
こと	伝えます（傳達）、話します（說話）、約束します（約定、承諾）、命じます（任命）、祈ります（祈禱）、希望します（希望）、望みます（冀望）、聞きます（聽）…	表示說明： N は～ことです。 表示經驗： ～ことがあります。 表示能力： ～ことができます。 表示非個人決定： ～ことになります。 表示個人決定： ～ことにします。

用例句熟悉文法內容

|の|

★ ♪060-01 犬が吠えているのが聞こえます。

（聽得到狗吠聲。）

★ ♪060-02 先生がいらっしゃるのを待って、始めることにしましょう。（等老師光臨再開始吧！）

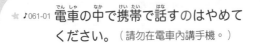

♪061-01 電車の中で携帯で話すのはやめて
ください。（請勿在電車內講手機。）

♪061-02 そこにいるのは洪先生です。
取代人
（待在那裡的是洪老師。）

♪061-03 カンニングをするのを止めてください。
取代事
（請勿作弊。）

♪061-04 私の鞄はあの大きいのです。
取代物
（我的包包是那個大的。）

| こと |

♪061-05 時間通りに行けないことをあの人に伝えて
ください。（請跟他說我無法準時赴約。）

♪061-06 私の趣味は CD を聞くことです。
（我的興趣是聽 CD。）

♪061-07 私は日本へ行ったことがあります。
（我曾去過日本。）

♪061-08 来週、結婚することになりました。
（下週要結婚了。）

♪061-09 今度の休みに、日本へ遊びに行くことにし
ました。（這次放假決定去日本玩。）

高さんは台湾人です。
（高小姐是台灣人。）

桜子は日本人です。
（櫻子是日本人。）

文法解說

在前述的單元中，筆者提及名詞可當主語及述語。例如：

私 は 台湾人です。
主語 助詞 述語

句子裡的「私」是人稱代名詞，而「台湾人」則是固有名詞，總而言之都是名詞，因為只有名詞可以當主語，而我們要用另一個名詞來敘述主語的性質、狀態、身份等情況，所以就形成名詞述語。為方便讀者學習，筆者把上述例句簡略為「**A は B です**」，讀者在應用時只需在 A 和 B 的部分套上名詞即可加以應用。

パート 1

學習日語的第一步與名詞句型

	述語變化	中文意思
A は B	です。	A是B
	ではありません。	A不是B
	でした。	A原本是B
	ではありませんでした。	A原本不是B

用例句熟悉文法內容

★ ♪063-01 私 は 先生 です。
（我是老師。）

★ ♪063-02 私 は 先生 ではありません。
（我不是老師。）

★ ♪063-03 私 は 先生 でした。
（我原本是老師。）

★ ♪063-04 私 は 先生 ではありませんでした。
（我原本不是老師。）

相關衍生字彙

♪063-05 教師 [kyou-shi] 名 教師
♪063-06 師匠 [shi-syou] 名 師傅
♪063-07 達人 [ta-tsu-ji-n] 名 高手

♪063-08 大家 [ta-i-ka] 名 權威
♪063-09 生徒 [sei-to] 名 學生
♪063-10 見習い [mi-na-ra-i] 名 學徒

063

パート 2
形容詞句型與
形容動詞句型

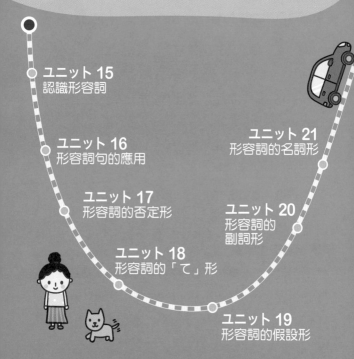

015 認識形容詞

小さい(ちい)
白い(しろ)
速い(はや)
かわいい

文法解說

　　如ユニット 006（**P.036**）所述，日語裡的形容詞屬於自立語，也就是可以單獨使用，且可以當述語形成句型。

　　日語裡的形容詞在某些教科書裡稱為「い形容詞」，顧名思義就是這種單字的尾巴都黏著「い」，像大家都耳熟能詳的「美味(おい)しい、可愛(かわい)い…」等等，於是變成了辨認的標誌。但，筆者要提醒的是，形容詞雖一定是「い」這個字結尾，但「い」這個字結尾的不一定就是形容詞，像「匂(にお)い」這個字就很不合群，它是名詞，意指「聞起來的味道」。

　　形容詞具有表示事物性質及狀態的特性，藉由它，整個句子的敘述內容才更加多元、生動活潑起來。

用例句熟悉文法內容

★ ♪067-01 私は酸っぱくて、甘いものが好きです。
（我喜歡酸酸甜甜的東西。）

★ ♪067-02 あの人はエロいです。
（那個人很色。）

★ ♪067-03 今日は何か気分が悪いです。
（今天總覺得不舒服。）

★ ♪067-04 冷たい飲み物はあまり飲まないほうがいいですよ。
（最好別喝太多冰飲。）

★ ♪067-05 野菜や果物は体にいいですから、たくさん食べたほうがいいです。
（蔬果對身體很好，最好多吃點。）

相關衍生字彙

♪067-06 酸っぱい [su-ppo-i] 形 酸的

♪067-07 甘い [a-ma-i] 形 甜的

♪067-08 苦い [ni-ga-i] 形 苦的

♪067-09 辛い [ka-ra-i] 形 辣的

♪067-10 塩辛い [shi-o-ka-ra-i] 形 鹹的

♪067-11 辛い [tsu-ra-i] 形 辛苦的、難受的

 常用的形容詞

♪068-01 高い [ta-ka-i]
形 高的、貴的

♪068-02 低い [hi-ku-i] 形 低的

♪068-03 遠い [too-i] 形 遠的

♪068-04 近い [chi-ka-i] 形 近的

♪068-05 いい [ta-ka-i] 形 好的

♪068-06 悪い [wa-ru-i] 形 壞的

♪068-07 うるさい
[u-ru-sa-i] 形 吵的

♪068-08 懐かしい
[na-tsu-ka-shii] 形 懷念的

♪068-09 美味しい [o-i-shi-i]
形 美味的

♪068-10 忙しい [i-so-ga-shii]
形 忙的

♪068-11 眩しい [ma-bu-shii]
形 眩目的

♪068-12 大きい [oo-kii]
形 大的

♪068-13 小さい [chii-sa-i]
形 小的

♪068-14 若い [wa-ka-i]
形 年輕的

♪068-15 危ない [a-bu-na-i]
形 危險的

形容人的個性

♪068-16 優しい [ya-sa-shii] 形 溫柔的

♪068-17 厳しい [ki-bi-shii] 形 嚴肅的

♪068-18 ずるい [zu-ru-i] 形 狡猾的

♪068-19 しつこい [shi-tsu-ko-i]
形 纏人的

♪068-20 暗い [ku-ra-i] 形 陰沉的

♪068-21 明るい [a-ka-ru-i]
形 開朗的

♪069-01 **これ、～ですか？**

這個，～嗎？

★ ♪069-02 **これ、美味しいですか？**
（這個，好吃嗎？）

★ ♪069-03 **これ、高いですか？**
（這個，貴嗎？）

★ ♪069-04 **これ、苦いですか？**
（這個，苦嗎？）

★ ♪069-05 **これ、使いやすいですか？**
（這個，好用嗎？）

★ ♪069-06 **これ、体にいいですか？**
（這個，對身體好嗎？）

ユニット
016 形容詞句的應用

これは美味しい

　　　<small>おい</small>

　　修飾名詞

リンゴです。

（這是好吃的蘋果。）

このリンゴは美味しい

　　　　　　　<small>おい</small>

　　　　　　敘述主語

です。

（這個蘋果很好吃。）

文法解說

　　形容詞在句子裡的角色分成兩種，一種是修飾名詞，另一種則是不修飾名詞；為方便讀者記憶，我們把修飾名詞的用法稱為「修飾用法」，把不修飾名詞的用法叫做「敘述用法」，如：

ドラえもんは可愛いロボットです。

　　　　　　<small>かわい</small>

　　　　　　　修飾用法（形容詞後面修飾名詞）

（哆啦Ａ夢是款可愛的機器人。）

ドラえもんというロボットは可愛いです。

　　　　　　　　　　　　　　<small>かわい</small>

　　　　　　　　　　敘述用法（形容詞後面不修飾名詞）

（哆啦Ａ夢這款機器人很可愛。）

070

用例句熟悉文法內容

★ ♪071-01 このペンは書きやすいです。
（這支筆很好寫。）

★ ♪071-02 このお酒は飲みやすいです。
（這種酒很順口。）

★ ♪071-03 このスマホは使いにくいです。
（這台智慧型手機很難用。）

★ ♪071-04 このレストランは一人では入りにくいです。
（這家餐廳不適合一個人前往。）

✿ 相關衍生字彙

♪071-05 家来 [ke-ra-i]
名 封建時代的家臣

♪071-06 使用人 [shi-you-ni-n]
名 傭人

♪071-07 お手伝いさん
[o-te-zu-ta-i-sa-n] 名 傭人

♪071-08 家政婦 [ka-sei-fu]
名 家政婦

♪071-09 メイド [mei-do]
名 女僕

♪071-10 執事 [shi-tsu-ji]
名 男管家

 職業百百種

♪072-01 医者 [i-sya] 名 醫生
いしゃ

♪072-02 歌手 [ka-syu] 名 歌手
かしゅ

♪072-03 弁護士 [be-n-go-shi]
べんごし
名 律師

♪072-04 軍人 [gu-n-ji-n] 名 軍人
ぐんじん

♪072-05 作家 [sa-kka] 名 作家
さっか

♪072-06 記者 [ki-sya] 名 記者
きしゃ

♪072-07 科学者 [ka-ga-ku-sya]
かがくしゃ
名 科學家

♪072-08 実業家 [ji-tsu-gyou-ka]
じつぎょうか
名 企業家

♪072-09 芸術家 [gei-ju-tsu-ka]
げいじゅつか
名 藝術家

♪072-10 会社員 [ka-i-sya-i-n]
かいしゃいん
名 上班族

♪072-11 運転手 [u-n-te-n-syu]
うんてんしゅ
名 司機

♪072-12 エンジニア
[e-n-ji-ni-a] 名 工程師

♪072-13 デザイナー
[de-za-i-naa]
名 設計師

★ 上班時間

♪072-14 アルバイト [a-ru-ba-i-to]
名 打工

♪072-15 勤務時間 [ki-n-mu-ji-ka-n]
きんむじかん
名 上班時間

♪072-16 日勤 [ni-kki-n] 名 日班
にっきん

♪072-17 夜勤 [ya-ki-n] 名 晚班
やきん

★ 辦公室的設備

♪072-18 バインダー [ba-i-n-daa]
名 檔案夾

♪072-19 電話 [de-n-wa] 名 電話
でんわ

♪072-20 プリンター [pu-ri-n-taa]
名 印表機

♪072-21 ファックス [fa-kku-su]
名 傳真機

♪072-22 コンピューター
[ko-n-pyuu-taa] 名 桌上型電腦

♪073-01 **もっと～のはありませんか。**

有沒有更～一點的？

★ ♪073-02 もっと**大きい**のはありませんか？
（有沒有更大一點的？）

★ ♪073-03 もっと**安い**のはありませんか？
（有沒有更便宜一點的？）

★ ♪073-04 もっと**赤い**のはありませんか？
（有沒有更紅一點的？）

★ ♪073-05 もっと**濃い**のはありませんか？
（有沒有更濃一點的？）

★ ♪073-06 もっと**可愛い**のはありませんか？
（有沒有更可愛一點的？）

017 形容詞的否定形

重くあり
ません
（不重）

重いです
（很重）

文法解説

將形容詞變成否定的方法為兩種：將形容詞去掉字尾い加上
く後，

1. 接ないです

2. 或者是接ありません，這兩種說法都很常用，如：

形容詞 （肯定）	い＋くないです （否定）	い＋くありません （否定）
美味しいです （好吃的）	美味しくないです （不好吃）	美味しくありません （不好吃）
高いです （貴的）	高くないです （不貴）	高くありません （不貴）
例外： いいです （好的）	よくないです （不好）	よくありません （不好）

千萬記住，沒有いくないです這種說法

用例句熟悉文法內容

☆ ♪075-01 今日は寒くないです。
（今天不冷。）

☆ ♪075-02 あの店は美味しくありません。
（那家店不好吃。）

☆ ♪075-03 今日は気持ちがよくないです。
（今天心情不佳。）

☆ ♪075-04 このミルクティーは甘くないです。
（這個奶茶不甜。）

☆ ♪075-05 あの人は優しくありません。
（那個人不溫柔。）

✿ 相關衍生字彙

♪075-06 煩い [u-ru-sa-i] 形 煩人的

♪075-07 うっとうしい [u-ttou-shii] 形 沉悶的

♪075-08 寂しい [sa-bi-shii] 形 寂寞的

♪075-09 うまい [u-ma-i] 形 好吃的

♪075-10 清々しい [su-ga-su-ga-shii] 形 清爽的

♪075-11 渋い [shi-bu-i] 形 澀的

パート 2

形容詞句型與形容動詞句型

075

 天氣狀況

♪076-01 虹 にじ [ni-ji] 名 彩虹

♪076-02 太陽 たいよう [ta-i-you] 名 太陽

♪076-03 月 つき [tsu-ki] 名 月亮

♪076-04 雲 くも [ku-mo] 名 雲

♪076-05 風 かぜ [ka-ze] 名 風

♪076-06 雪 ゆき [yu-ki] 名 雪

♪076-07 吹雪 ふぶき [fu-bu-ki] 名 暴風雪

♪076-08 雨 あめ [a-me] 名 雨

♪076-09 大雨 おおあめ [oo-a-me] 名 大雨

♪076-10 土砂降り どしゃぶり [do-sya-bu-ri] 名 豪大雨

♪076-11 嵐 あらし [a-ra-shi] 名 暴風

♪076-12 雷 かみなり [ka-ma-na-ri] 名 雷

♪076-13 霧 きり [ki-ri] 名 霧

♪076-14 稲妻 いなずま [i-na-zu-ma] 名 閃電

♪076-15 晴れ は [ha-re] 名 晴天

♪076-16 快晴 かいせい [ka-i-sei] 名 晴朗無雲

♪076-17 曇り くも [ku-mo-ri] 名 陰天

♪076-18 寒波 かんぱ [ka-n-ba] 名 寒流

形容今天的天氣

♪076-19 暖かい あたた [a-ta-ta-ka-i] 形 溫暖的

♪076-20 暑い あつ [a-tsu-i] 形 炎熱的

♪076-21 涼しい すず [su-zu-shii] 形 涼爽的

♪076-22 寒い さむ [sa-mu-i] 形 寒冷的

不可不知的關鍵句型

♪077-01 **～は～やすい／にくいです。**

～很好／很難～

★ ♪077-02 **このペンは書きやすいです。**
（這支筆很好寫。）

★ ♪077-03 **このお酒は飲みやすいです。**
（這種酒很順口。）

★ ♪077-04 **このスマホは使いにくいです。**
（這台智慧型手機很難用。）

★ ♪077-05 **このレストランは一人では入りにくい**
です。
（這家餐廳不適合一個人前往。）

★ ♪077-06 **バナナは食べやすいです。**
（香蕉很方便吃。）

あの店は美味しくて、安いですから、
学生に大人気！

（那家店既好吃又便宜，超受學生歡迎。）

文法解說

　　當話還沒說完、想敘述的形容詞有好幾個時，不妨運用形容詞的「て」形，也就是中止用法，中止意指先停一下，讓句子暫時中斷，再往下說。變化如下：

1. ～は形容詞い＋くて、～

連續情況的描述（用於同一主語）

　　中文大致可以理解成「既～又～」，但要提醒讀者的是，這種用法裡的形容詞屬性要一致，例如同時都要是優點或缺點。

2. ～は形容詞い＋くて、～は～

相對情況的描述（用於不同主語）

　　中文大致可以理解成「～，而～」，表示不同主語間的相對情形。

用例句熟悉文法內容

★ ♪079-01 城崎さんは優しくて、きれいですから、みんなに好かれています。

（城崎她既溫柔又漂亮，大家都喜歡她。）

★ ♪079-02 夏は昼が長くて、冬は昼が短いです。

（夏天白天長，而冬天白天短。）

★ ♪079-03 体は太くて、手足は細いです。

（身體粗壯，而四肢細瘦。）

★ ♪079-04 不味くて、高いです。

（既難吃又貴。）

★ ♪079-05 この町は騒々しくて、汚いです。

（這個城市既吵鬧又骯髒。）

🌟 相關衍生字彙

♪079-06 夜 [yo-ru] 名 晚上

♪079-07 午前 [go-ze-n] 名 上午

♪079-08 午後 [go-go] 名 下午

♪079-09 深夜 [shi-n-ya] 名 深夜

♪079-10 明日 [a-shi-ta] 名 明天

♪079-11 一昨日 [o-to-to-i] 名 前天

假日和朋友到處玩

♪080-01 **レストラン**
[re-su-to-ra-n] 名 餐廳

♪080-02 **スーパー** [suu-paa]
名 超級市場

♪080-03 **デパート** [de-paa-to]
名 百貨公司

♪080-04 **図書館** [to-syo-ka-n]
名 圖書館

♪080-05 **ホテル** [ho-te-ru]
名 飯店

♪080-06 **カラオケ** [ka-ra-o-ke]
名 卡拉 OK

♪080-07 **ナイトクラブ**
[na-i-to-ku-ra-bu] 名 夜店

♪080-08 **プール** [puu-ru]
名 游泳池

♪080-09 **公園** [kou-e-n] 名 公園

♪080-10 **喫茶店** [ki-ssa-te-n]
名 簡餐店

♪080-11 **美術館** [bi-ju-tsu-ka-n]
名 美術館

♪080-12 **動物園** [dou-bu-tsu-e-n]
名 動物園

搭乘交通工具

♪080-13 **自転車** [ji-te-n-sya] 名 腳踏車

♪080-14 **車** [ku-ru-ma] 名 汽車

♪080-15 **電車** [de-n-sya] 名 電車

♪080-16 **バス** [ba-su] 名 公車

♪080-17 **新幹線** [shi-n-ka-n-se-n]
名 新幹線

♪080-18 **船** [fu-ne] 名 船

♪080-19 **飛行機** [hi-kou-ki] 名 飛機

 不可不知的關鍵句型

パート
2

形容詞句型與形容動詞句型

♪081-01 **～のが欲しいです。**

我想要～的

★ ♪081-02 安いのが欲しいです。
（我想要便宜的。）

★ ♪081-03 可愛いのが欲しいです。
（我想要可愛的。）

★ ♪081-04 甘いのが欲しいです。
（我想要甜的。）

★ ♪081-05 薄いのが欲しいです。
（我想要淡的。）

★ ♪081-06 濃いのが欲しいです。
（我想要濃的。）

ユニット 019 形容詞的假設形

美味しければ、食べます。
暗示對方不好吃的話就不吃

（只要好吃的話我就吃。）

文法解說

形容詞的假設形依其假設型態有四種說法，接續方式如下：

接續
形容詞い	1. +けれ+ば 表示條件假設，中文可以理解成「只要～的話」。
	2. +かったら 表示假設某情形狀況已經成為事實，中文可以理解成「真的～的話」。 例外：いい→よかったら
形容詞い	3. +と 表示前後狀況的連接性高，中文可以理解成「一旦～的話就～」。
	4. +なら 表示對已知的事實所做的假設，中文可以理解成「要是～的話」。

082

用例句熟悉文法內容

☆ ♪083-01 **安かったら、買います。**

遶不知道便不便宜，但如果便宜的話就買下來

（便宜的話我要買。）

☆ ♪083-02 **よかったら、今度みんなで一緒にご飯を食べませんか？**

（可以的話，下次大家一起吃個飯好不好？）

☆ ♪083-03 **体が弱いと、何もできません。**

強調前面的情形狀況一旦發生，就會引發後面結果

（身體一旦弱就什麼都做不了。）

☆ ♪083-04 **寒いなら、暖房をつけましょう。**

看到對方冷得直發抖或對方說冷時接著對方的話往下說，常用在給建議時

（要是冷的話來開暖氣吧！）

相關衍生字彙

♪083-05 **激安** [ge-ki-ya-su] 名 超便宜

♪083-06 **半額** [ha-n-ga-ku] 名 半價

♪083-07 **ただ** [ta-da] 名 免費

♪083-08 **バーゲンセール** [baa-ge-n-see-ru] 名 拍賣

♪083-09 **割引** [wa-ri-bi-ki] 名 打折

♪083-10 **お買い得** [o-ka-i-do-ku] 名 划算

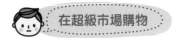 在超級市場購物

♪084-01 弁当 [be-n-tou] 名 便當

♪084-02 お握り [o-ni-gi-ri] 名 飯糰

♪084-03 揚げ物 [a-ge-mo-no] 名 炸物

♪084-04 ビール [bii-ru] 名 啤酒

♪084-05 ミルク [mi-ru-ku] 名 牛奶

♪084-06 ヨーグルト [yuu-gu-ru-to] 名 優格

♪084-07 カレー [ka-ree] 名 咖哩

♪084-08 漬物 [tsu-ke-mo-no] 名 醃漬物

♪084-09 菓子 [ka-shi] 名 糕餅

♪084-10 アイス [a-i-su] 名 冰、冰淇淋

♪084-11 クッキー [ku-kkii] 名 餅乾

♪084-12 税込価格 [zei-ko-mi-ka-ka-ku] 名 含稅價

♪084-13 レジ [re-ji] 名 收銀台

♪084-14 店員 [te-n-i-n] 名 店員

⭐ 超市裡的商品分類

♪084-15 特売 [to-ku-ba-i] 名 特賣

♪084-16 生活用品 [sei-ka-tsu-you-hi-n] 名 生活用品

♪084-17 青果 [sei-ka] 名 蔬果

♪084-18 飲料 [in-ryou] 名 飲料

♪084-19 調味料 [chou-mi-ryou] 名 調味料

♪084-20 生鮮食品 [sei-se-n-syo-ku-hi-n] 名 生鮮食品

 不可不知的關鍵句型

♪085-01 **よければ、〜ませんか？**

不介意的話，要不要〜呢？

★ ♪085-02 **よければ、行きませんか？**
（不介意的話，要不要去呢？）

★ ♪085-03 **よければ、食べませんか？**
（不介意的話，要不要吃呢？）

★ ♪085-04 **よければ、飲みませんか？**
（不介意的話，要不要喝呢？）

★ ♪085-05 **よければ、見ませんか？**
（不介意的話，要不要看呢？）

★ ♪085-06 **よければ、やりませんか？**
（不介意的話，要不要做呢？）

パート **2**

形容詞句型與形容動詞句型

ちょっと寒くなりました。
（稍微變冷了。）

文法解說

我們在ユニット 016（**P.070**）中提及形容詞在句中的主要兩種用法，事實上日語的形容詞也可以轉化為副詞使用；副詞主要用來修飾動詞，所以這種用法的形容詞後面基本上都要搭配動詞，但也能修飾其他形容詞。將形容詞轉化為副詞的方法為將形容詞句尾い去掉加上く，例如：

形容詞	副詞
早い（早的）	早く（很早地）
高い（高的）	高く（很高地）
遅い（晚的）	遅く（很晚地）
寒い（冷的）	寒く（冷地）
悲しい（難過的）	悲しく（難過地）

用例句熟悉文法內容

★ ♪087-01 今日は母の誕生日ですから、早く帰らなければなりません。

（今天是家母生日，我得早點回家才行。）

★ ♪087-02 明日から寒くなるそうです。コートなどを着るようにしてくださいね。

（聽說明天開始又要變冷了。記得要穿件外套什麼的哦！）

★ ♪087-03 これはすごく美味しいです。

（這個超好吃。）

★ ♪087-04 この二、三日えらく忙しいです。

（這兩三天爆忙的。）

⭐ 相關衍生字彙

♪087-05 スカーフ [su-kaa-fu]
　　名 圍巾

♪087-06 セーター [see-taa] 名 毛衣

♪087-07 手袋 [te-bu-ku-ro] 名 手套

♪087-08 靴下 [ku-tsu-shi-ta]
　　名 襪子

♪087-09 ダウン [da-u-n]
　　名 羽絨外套

♪087-10 ニット帽 [ni-tto-bou]
　　名 毛帽

 同是地球的居民

♪088-01 うし [u-sjo] 名 牛

♪088-02 羊 ひつじ [hi-tsu-ji] 名 羊

♪088-03 鶏 にわとり [ni-wa-to-ri] 名 雞

♪088-04 熊 くま [ku-ma] 名 熊

♪088-05 鳥 とり [to-ri] 名 鳥

♪088-06 豚 ぶた [bu-ta] 名 豬

♪088-07 兎 うさぎ [u-sa-gi] 名 兔子

♪088-08 猿 さる [sa-ru] 名 猴子

♪088-09 鼠 ねずみ [ne-zu-mi] 名 老鼠

♪088-10 たぬき [ta-nu-ki] 名 狸貓

♪088-11 狐 きつね [ki-tsu-ne] 名 狐狸

♪088-12 象 ぞう [zou] 名 大象

♪088-13 ひょう [hyou] 名 豹

♪088-14 獅子 しし [shi-shi] 名 獅子

♪088-15 虎 とら [to-ra] 名 老虎

♪088-16 キリン [ki-ri-n] 名 長頸鹿

♪088-17 鳩 はと [ha-to] 名 鴿子

♪088-18 アヒル [a-hi-ru] 名 鴨子

♪088-19 カエル [ka-e-ru] 名 青蛙

♪088-20 クジャク [ku-ja-ku] 名 孔雀

♪088-21 山羊 やぎ [ya-gi] 名 山羊

♪088-22 鹿 しか [shi-ka] 名 鹿

♪088-23 馬 うま [u-ma] 名 馬

♪089-01 **これを入れると、もっと〜 くなりますよ。**

一旦加進這個,會更〜哦!

★ ♪089-02 これを入れると、もっと美味しくなりますよ。
（一旦加進這個,會更好吃哦!）

★ ♪089-03 これを入れると、もっと甘くなりますよ。
（一旦加進這個,會更甜哦!）

★ ♪089-04 これを入れると、もっと辛くなりますよ。
（一旦加進這個,會更辣哦!）

★ ♪089-05 これを入れると、もっと酸っぱくなりますよ。
（一旦加進這個,會更酸哦!）

★ ♪089-06 これを入れると、もっと苦くなりますよ。
（一旦加進這個,會更苦哦!）

021 形容詞的名詞形

ユニット

文法解説

變化規則	形容詞	名詞
1. ～い	黒い（黑色的）、白い（白色的）、丸い（圓圓的）	黒（黑色）、白（白色）、丸（圓形）
2. ～い＋さ	長い（長長的）、尊い（尊貴的）、嬉しい（高興的）	長さ（長度）、尊さ（尊貴）、嬉しさ（高興）
3. ～い＋み	辛い（辣的）、高い（高的）、悲しい（悲傷的）	辛み（辣）【指辣這個概念】、高み（高處）、悲しみ（悲傷）
4. ～い＋く	多い（多的）、遠い（遠的）、近い（近的）、古い（舊的）、早い（早的、快的）、遅い（慢的）	多く（多數）、遠く（遠方）、近く（附近）、古く（往昔）、早く（趕早）、遅く（這麼晚的時間）

　　日語的形容詞也可以改變形態轉化為名詞使用，共有四種方法：

1. 去い：通常用於表示色彩或形狀的形容詞

2. 去い加さ：用這種方式變成的名詞通常是具體的、可供測量的，但某些情感方面的形容詞也能用。

3. 去い加み：這種表達方式較為強調抽象概念，變化後所形成的名詞無法測量其高低、長短、深淺、強弱，純粹表示狀態。

4. 去い加く：日語的形容詞裡有少數特定的字可以透過這種方式變成名詞。

用例句熟悉文法內容

★ ♪091-01 信号が赤になったら、渡ってはいけません。
（紅綠燈變紅燈就不可以過馬路。）

★ ♪091-02 嬉しさの余り涙を流しました。（高興到流涙。）

★ ♪091-03 多くの参加者は外国人です。
（大部分的參賽者是外國人。）

★ ♪091-04 遠くに住んでいる親戚がわざわざ見舞いに来てくれました。
（住在遠方的親戚專程來看我。）

★ ♪091-05 夜遅くにお電話してすみません。
（不好意思，這麼晚還打電話打擾您。）

相關衍生字彙

♪091-06 試合 [shi-a-i] 名 比賽

♪091-07 横断歩道 [ou-da-n-ho-dou] 名 斑馬線

♪091-08 歩道 [ho-dou] 名 人行道

♪091-09 交差点 [kou-sa-te-n] 名 十字路口

091

 他們住在水裡

♪092-01 烏賊 いか [i-la] 名 烏賊

♪092-02 鯨 くじら [ku-ji-ra] 名 鯨魚

♪092-03 ヒトデ [hi-to-de]
名 海星

♪092-04 海亀 うみ がめ [u-mi-ga-me]
名 海龜

♪092-05 蟹 かに [ka-ni] 名 螃蟹

♪092-06 ロブスター
[ro-bu-zu-taa] 名 龍蝦

♪092-07 水母 くらげ [ku-ra-ge] 名 水母

♪092-08 雲丹 うに [u-ni] 名 海膽

♪092-09 河豚 ふぐ [fu-ku] 名 河豚

♪092-10 なまこ [na-ma-ko]
名 海參

♪092-11 竜の落とし子 たつ お ご
[ta-tsu-no-o-to-shi-go]
名 海馬

♪092-12 熊の実 くま み [ku-ma-no-mi]
名 小丑魚

♪092-13 サンゴ [sa-n-go]
名 珊瑚

♪092-14 ペンギン [pe-n-gi-n]
名 企鵝

♪092-15 アザラシ [a-za-ra-shi]
名 海豹

♪092-16 白熊 しろ くま [shi-ro-ku-ma]
名 北極熊

 不可不知的關鍵句型

♪093-01 **すみません、～を測っ
てください。**

不好意思，請幫我量一下～

★ ♪093-02 すみません、長さを測ってください。
（不好意思，請幫我量一下長度。）

★ ♪093-03 すみません、広さを測ってください。
（不好意思，請幫我量一下寬度。）

★ ♪093-04 すみません、重さを測ってください。
（不好意思，請幫我量一下重量。）

★ ♪093-05 すみません、深さを測ってください。
（不好意思，請幫我量一下深度。）

★ ♪093-06 すみません、大きさを測ってください。
（不好意思，請幫我量一下大小。）

022 認識形容動詞

大好きな

きれいな

洋風な

幸せな

文法解説

　　如ユニット 006 單元所述，日語裡的形容動詞屬於自立語，也就是可以單獨使用，且可以當述語形成句型。

　　日語裡的形容動詞在某些教科書裡稱為「な形容詞」，意指這種單字在修飾名詞時尾巴都以「～な」的形態出現，像「親切な、静かな…」等等，於是變成了容易辨認的標誌，本書亦採取這種呈現方式說明。

　　但某些教科書在呈現單字時卻是以「～だ」的形態出現，像「親切だ、静かだ…」等等，其實這是形容動詞的另一個面貌，稱為終止形。綜合上述，因形容動詞的功能還是以修飾名詞為主，

所以直接用它修飾名詞的形態標示當然較容易理解，不過以終止形態的面貌呈現也有其道理，讀者不妨留意。

　　形容動詞和形容詞一樣具有表示事物性質及狀態的特性，藉由它，整個句子的敘述內容才更加多元、生動活潑起來。

用例句熟悉文法內容

★ ♪095-01 **リン・チーリンはきれいです。**
　　（林志玲很漂亮。）

★ ♪095-02 **リン・チーリンはきれいな女性です。**
　　（林志玲是個漂亮的女生。）

★ ♪095-03 **あきらはハンサムです。**
　　（AKIRA 很帥。）

★ ♪095-04 **あきらはハンサムな男性です。**
　　（AKIRA 是個很帥的男生。）

★★ 相關衍生字彙

♪095-05 隣人 りんじん [ri-ji-n] 名 鄰居

♪095-06 美人 びじん [bi-ji-n] 名 美女

♪095-07 恋人 こいびと [ko-i-bi-to] 名 愛人

♪095-08 老人 ろうじん [rou-ji-n] 名 老人

♪095-09 浪人 ろうにん [rou-ni-n]
　　　　名 失家武士、重考生

♪095-10 仲人 なこうど [na-kou-do] 名 媒人

023 形容動詞句的應用

危険（きけん）な　　場所（ばしょ）
形容動詞　　　名詞

文法解說

　　形容動詞在句子裡的角色分成兩種，一種是修飾名詞，另一種則是不修飾名詞；為方便讀者記憶，本書把修飾名詞的用法稱為「修飾用法」，把不修飾名詞的用法叫做「敘述用法」。

　　要提醒讀者注意，形容動詞後面修飾名詞時，若當初背誦「～な」的話就加以保留，當初如果背頌「～だ」的話則把だ去掉補上な。（市面上的教科書有些是用「親切な」，有些則以「親切だ」的方式呈現，兩種都是形容動詞的面貌之一）

形容動詞な形	形容動詞だ形	形容動詞＋名詞
便利（べんり）な	便利（べんり）だ	便利（べんり）なロボット

096

用例句熟悉文法內容

★ ♪097-01 **ドラえもんは便利なロボットです。**
修飾用法（形容動詞後面修飾名詞）
（哆啦Ａ夢是款方便的機器人。）

★ ♪097-02 **ドラえもんというロボットは便利です。**
敘述用法（形容動詞後面不修飾名詞）
（哆啦Ａ夢這款機器人很方便。）

★ ♪097-03 **私は幸せな人生を送りたいです。**
（我想要過著幸福的人生。）

🌸 相關衍生字彙

♪097-04 **タケコプター**
[ta-ke-ko-pu-taa]
名 竹蜻蜓（哆啦Ａ夢道具）

♪097-05 **どこでもドア**
[do-ko-de-mo-do-a]
名 任意門（哆啦Ａ夢道具）

♪097-06 **タイムマシン**
[ta-i-mu-ma-shi-n]
名 時光機（哆啦Ａ夢道具）

♪097-07 **グルメテーブルかけ**
[gu-ru-me-tee-bu-ru-ka-ke]
名 美食桌巾（哆啦Ａ夢道具）

♪097-08 **四次元ポケット**
[yo-ji-ge-n-po-ke-tto]
名 四次元口袋（哆啦Ａ夢道具）

♪097-09 **翻訳蒟蒻**
[ho-n-ya-ku-ko-n-nya-ku]
名 翻譯蒟蒻（哆啦Ａ夢道具）

くだものは健康的
です。
現在/未來・肯定
（蔬菜是健康的。）

ポテトチップスは
健康的ではありません。
現在/未來否定
（洋芋片是不健康的。）

文法解説

將形容動詞變成否定的方法有兩種，將形容動詞去掉字尾な

後，

1. 接ではありません

2. 或是ではないです，兩種說法都很常用，如：

形容動詞 （肯定）	な+ではありません （否定）	な+ではないです （否定）
きれいな （漂亮的）	きれいではありません （不漂亮）	きれいではないです （不漂亮）
親切な （親切的）	親切ではありません （不親切）	親切ではないです （不親切）

千萬記住，形容詞和形容動詞其否定形態並不相同，所以絕

對沒有親切くないです這種說法！

パート
2

形容詞句型與形容動詞句型

用例句熟悉文法內容

★ ♪099-01 あそこの図書館はあまり静かではありませ
ん。（那間圖書館不怎麼安靜。）

★ ♪099-02 糸守町という町は賑やかではないです。
（糸守町這個鎮不熱鬧。）

★ ♪099-03 今日は海が穏やかではありません。
（今天的大海波濤洶湧。）

★ ♪099-04 新しい担任はハンサムですが、親切ではな
いです。
（新來的導師雖然很英俊，但並不親切。）

★ ♪099-05 学校の寮は駅から遠くて、便利ではありま
せん。
（學校宿舍離車站很遠，不方便。）

⭐ 相關衍生字彙

♪099-06 自発的な [ji-ha-tsu-te-ki-na]
形動 自發性的

♪099-07 複雑な [fu-ku-za-tsu-na]
形動 複雑的

♪099-08 多大な [ta-da-i-na]
形動 莫大的

♪099-09 脆い [mo-ro-i] 形 脆弱的

♪099-10 危険な [ki-ke-n-na]
形動 危險的

♪099-11 リアルな [ri-a-ru-na]
形動 真實的

099

このレストランは静かできれいです。

（這間餐廳既安靜又乾淨。）

文法解說

　　和形容詞一樣，當話還沒說完、想敘述的形容動詞（或想搭配的形容詞）有好幾個時，也可以運用形容動詞的「で」形，也就是中止用法。變化如下：

　　1. 形容動詞な＋で、～

連續情況的描述（用於同一主語）

中文大致可以理解成「既～又～」

親切で優しい。　（既親切又溫柔。）

きれいでセンスがいい。　（既漂亮又有品味。）

　　2. ～は形容動詞な＋で、～は～

相對情況的描述（用於不同主語）

中文大致可以理解成「～，而～」，表示不同主語間的相對情形。

これは便利で、あれは不便です。

（這個很方便，而那個不方便。）

形容詞句型與形容動詞句型

用例句熟悉文法內容

♪101-01 清水先生は親切で優しいですから、学生さんに大人気！

（清水老師既親切又溫柔，超受學生歡迎。）

♪101-02 あの図書館は静かできれいですから、よく利用しています。

（那間圖書館既安靜又乾淨，所以我經常去。）

♪101-03 姉の薫さんは静かで、妹の香さんはお転婆です。

（姊姊阿薫很文靜，而妹妹阿香很淘氣。）

♪101-04 田舎は長閑で、都会は慌ただしいです。

（鄉下悠閒，而都會步調快。）

★ 相關衍生字彙

♪101-05 恰好いい [ka-kkou-ii]
形 帥的

♪101-06 つまらない [tsu-ma-ra-na-i]
形 無聊的

♪101-07 素敵な [su-te-ki-na]
形動 漂亮的

♪101-08 すごい [su-go-i]
形 厲害的

♪101-09 堅い [ka-ta-i] 形 硬的

♪101-10 明確な [mei-ka-ku-na]
形動 明確的

ユニット
026 形容動詞的假設形

本当に私のことが好きだったら、無理してでも毎日連絡を取りたいと思いますよね。

（真的喜歡我的話，就算很勉強還是會想每天聯絡一下不是嗎？）

女朋友說出這句話，你就知道她覺得被你晾在一旁了

文法解說

形容動詞的假設形依其假設型態有四種說法，接續方式如下：

	接續
形容動詞な	**1.** ＋なら＋ば 「只要～的話」：表示條件假設 **2.** ＋だったら 「真的～的話」：表示假設某情形狀況已經成為事實 **3.** ＋だ＋と 「一旦～的話就～」：表示前後狀況的連接性高 **4.** ＋なら 「要是～的話」：表示對已知的事實所做的假設

用例句熟悉文法內容

♪103-01 **嫌いならば、食べなくても大丈夫です。**
（不喜歡的話可以不要吃。）

♪103-02 **ケチだと、嫌われますよ。**
強調前面的情形狀況一旦發生，就會引發後面結果
（小氣的話會討人厭哦。）

♪103-03 **これが複雑なら、他のものはいかがですか？**
看到對方對著商品皺眉或當對方說搞不清楚時可以
接下去說，常用在給建議時
（要是這個太複雜的話，您要不要參考其他的看看？）

♪103-04 **部屋が静かだとよく勉強できます。**
（房間安靜的話就能好好念書。）

🌟 相關衍生字彙

♪103-05 **積極的な** [se-kkyu-ku-te-ki-na]
形動 積極的

♪103-06 **色々な** [i-ro-i-ro-na]
形動 各式各樣地

♪103-07 **正しい** [ta-da-shii]
形 正確的

♪103-08 **大切な** [ta-i-se-tsu-na]
形動 重要的

♪103-09 **深刻な** [shi-n-ko-ku-na]
形動 嚴重的

♪103-10 **無駄な** [mu-da-na]
形動 浪費的

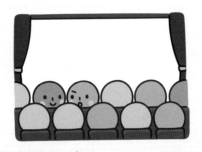

映画館では静かにしてください。
（電影院內請保持安靜。）

文法解說

　　和形容詞一樣，形容動詞也可以轉化為副詞使用；副詞主要
用來修飾動詞，所以這種用法的形容動詞後面基本上都要搭配動
詞。將形容動詞轉化為副詞的方法如下：

變化規則	形容動詞	副詞
形容動詞な＋に	きれいな（漂亮的）、 親切な（親切的）、 賑やかな（熱鬧的）、 静かな（安靜的）、 妙な（巧妙的）	きれいに（漂亮地）、 親切に（親切地）、 賑やかに（熱鬧地）、 静かに（安靜地）、 妙に（巧妙地）

用例句熟悉文法內容

* ♪105-01 久しぶりに大掃除したら、部屋がきれいに
なりました。
（睽違許久來個大掃除，房間整個乾淨了。）

* ♪105-02 なんだか妙に胸騒ぎがします。
（不知為什麼總覺得不安。）

* ♪105-03 これとそれは微妙に違います。
（這個跟那個稍有不同。）

* ♪105-04 ABC カンパニーは電子書籍事業に本格的に
参入します。
（ABC 公司正式投入電子書事業。）

相關衍生字彙

♪105-05 微妙な [bi-myou-na]
形動 微妙的

♪105-06 勝手な [ka-tte-na]
形動 隨便的

♪105-07 本格的な [ho-n-ka-ku-te-ki-na]
形動 正宗的

♪105-08 楽天的な [ra-ku-te-n-te-ki-na]
形動 樂觀的

♪105-09 立派な [ri-ppa-na]
形動 卓越的

♪105-10 新たな [a-ra-ta-na]
形動 嶄新的

文法解説

變化規則	形容動詞	名詞
1. ～な	自由_{じゆう}な（自由的）、元_{げん}気_きな（有精神的）	自由_{じゆう}（自由）、元_{げん}気_き（精神）
2. ～な＋さ	丁寧_{ていねい}な（客氣的）、静_{しず}かな（安靜的）	丁寧_{ていねい}さ（客氣）、静_{しず}かさ（安靜）
3. ～な＋み	親切_{しんせつ}な（親切的）、堅_{けん}実_{じつ}な（可靠的）、真剣_{しんけん}な（認真的）、新鮮_{しんせん}な（新鮮的）	親切_{しんせつ}み（親切）、堅実_{けんじつ}み（踏實、牢靠）、真剣_{しんけん}み（認真）、新鮮_{しんせん}み（新鮮、新穎）

　　形容動詞轉化為名詞的用法有三種。分述如下：

　　1. 去な：不論是哪種形態所構成的形容動詞去掉な就有可能直接當名詞使用，其中漢語形的形容動詞可能性更高。

　　2. 去な加さ：較為強調程度概念，且幾乎絕大多數的形容動詞都適用。

　　3. 去な加み：能夠以此規則轉化成名詞的形容動詞不多，而且在日常生活中的實際用例也不多，讀者只需記住上述表格中的右列幾個例子即可。

パート **2**

形容詞句型與形容動詞句型

用例句熟悉文法內容

★ ♪107-01 憲法は人民の言論の自由を保障します。

（憲法保障人民的言論自由。）

★ ♪107-02 健康は何より大切なものだと思います。

（我想健康是最重要的東西。）

★ ♪107-03 日本語はセンテンスが長くなるほど丁寧さが
高まるそうです。

（據說日語的句子說得愈長就愈客氣。）

★ ♪107-04 あの人は能がないというより、熱心さが足り
ません。

（與其說他沒能力，倒不如說是熱忱不夠。）

★ ♪107-05 新鮮みが観衆の心を強く捉えました。

（新鮮感深深擄獲觀眾的心。）

★ ♪107-06 真剣みといえば、あの人には及びません。

（說到認真程度，我遠遠不如他。）

🈁 相關衍生字彙

♪107-07 摂生 [se-ssei] 名 養生

♪107-08 ストレス解消法
[su-to-re-su-ka-i-syou-hou]
名 紓壓法

♪107-09 レジャー [re-jaa]
名 休閒娛樂

♪107-10 観光 [ka-n-kou] 名 觀光

♪107-11 海外旅行
[ka-i-ga-i-ryo-kou]
名 出國玩

♪107-12 一人旅 [hi-to-ri-ta-bi]
名 自助旅行

パート 3
動詞句型

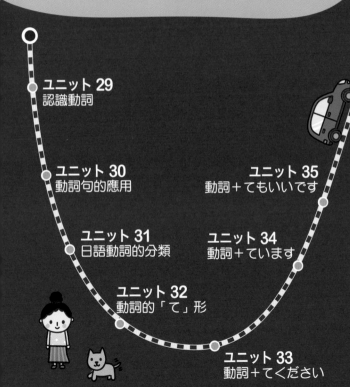

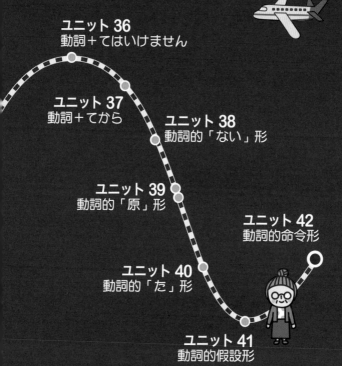

ユニット
029 認識動詞

市場にスイカがあります。
（市場裡有西瓜。）

薫は市場で豚肉を買います。
（阿薫在市場買豬肉。）

（文法解說）

　　如ユニット 006 單元所述，日語裡的動詞屬於自立語，也就是可以單獨使用，且可以當述語形成句型。動詞是表示動作、存在、作用等等情況的詞類，使用頻率很高。

　　日語的動詞依照其變化規則、性質甚至類似英語裡的及不及物動詞有多種分類方式。本書將在ユニット 031 日語動詞的分類單元（P.114）中說明。

用例句熟悉文法內容

★ ♪111-01 私はご飯を<u>食べます</u>。
わたし　　　　　はん　　た
動作

（我要吃飯。）

★ ♪111-02 本は机の上に<u>あります</u>。
ほん　つくえ　うえ
存在

（書在桌上。）

★ ♪111-03 私は鼻が<u>利きます</u>。
わたし　はな　き
作用

（我鼻子很靈。）

相關衍生字彙

♪111-04 **飲みます** [no-mi-ma-su]
の
動 喝

♪111-05 **います** [i-ma-su]
動（生物體）存在

♪111-06 **喉が渇きます**
のど　かわ
[no-do-ga-ka-wa-ki-ma-su]
動 口渴

♪111-07 **お腹が空きます**
なか　す
[o-na-ka-ga-su-ki-ma-su]
動 肚子餓

♪111-08 **食事します**
しょく　じ
[syo-ku-ji-si-ma-su] **動** 用餐

♪111-09 **料理を作ります**
りょう　り　　つく
[ryo-ri-wo-tsu-ku-ri-ma-su]
動 做菜

ユニット 030 動詞句的應用

文法解說

日語的動詞構句和中文最大的不同點是敘述的順序，中文是動詞在前，名詞在後；但日語則是名詞在前，動詞在後。例如：

中文：我　　要吃　　炒飯。
　　　主詞　　動詞　　名詞

日語：私は　チャーハン　を　食べます。
　　　主語　　名詞　　　　　動詞

另外，由於中日語敘述動作的順序不同，日語會在名詞和動詞中間依句意需要加上助詞。有關助詞用法請參考パート4（P.150）。

上述日語例句裡的動詞放在句子的最後面，而動詞尾巴出現的「～ます」便可以幫助動詞產生最基本的時態（參考ユニット008）及肯定否定變化。

112

用例句熟悉文法内容

★ ♪113-01 私はチャーハンを食べます。
現在／未來・肯定

（我要吃炒飯。）

★ ♪113-02 私はチャーハンを食べません。
現在／未來・否定

（我不要吃炒飯。）

★ ♪113-03 私はチャーハンを食べました。
過去・肯定

（我吃了炒飯。）

★ ♪113-04 私はチャーハンを食べませんでした。
過去・否定

（我沒吃炒飯。）

✿ 相關衍生字彙

♪113-05 酢豚 [su-bu-ta] 名 糖醋排骨

♪113-06 豚の角煮 [bu-ta-no-ka-ku-ni]
名 東坡肉

♪113-07 野菜炒め [ya-sa-i-i-ta-me]
名 炒青菜

♪113-08 台湾風エビマヨ
[ta-i-wa-n-fuu-e-bi-ma-yo]
名 鳳梨蝦球

♪113-09 いか団子 [i-ka-da-n-go]
名 花枝丸

♪113-10 牡蠣オムレツ
[ka-ki-o-mu-re-tsu]
名 蚵仔煎

動詞

Ⅰ類動詞	Ⅱ類動詞	Ⅲ類動詞
漢字＋イ段發音＋ます	漢字＋イ段發音＋ます	します
	漢字＋エ段發音＋ます	来ます
	漢字＋ます	

文法解說

動詞依其「變化規則」區分成：

1. Ⅰ類動詞，如：買います（買）
2. Ⅱ類動詞，如：起きます（起床）、食べます（吃）
3. Ⅲ類動詞，如：来ます（來）、します（做）

「變化規則」可以簡單地記成動詞時態或肯定否定的變化，也可以理解為較複雜的動詞銜接助詞或助動詞的方式。市面上的日文教科書有些也將其分得較仔細，如：五段活用動詞、上一段、

114

下一段活用動詞、力行、サ行變格動詞等。「活用」是指具有多種變化，「變格」是指變化不規則。這兩種分類方式各有優缺點，本書則採用將動詞分為三大類的方式。

三大類動詞的分類依據可以從動詞的長相看出線索，也就是每一類動詞都有自己的長相特色。分述如下：

動詞種類	長相特徵	動詞ます形
I 類動詞	漢字＋イ段發音＋ます	買います（買）、書きます（寫）、急ぎます（趕）、話します（說話）、待ちます（等）、死にます（死）、遊びます（玩）、飲みます（喝）、帰ります（回去）…
II 類動詞	1. 漢字＋イ段發音＋ます（不妨想成是 I 類動詞的例外）	起きます（起床）、浴びます（洗澡）、借ります（借）…
	2. 漢字＋エ段發音＋ます	食べます（吃）、調べます（調査）、生まれます（出生）…
	3. 漢字＋ます	見ます（看）、出ます（出來）、います（在）…
III 類動詞	無法分在 I、II 類，所以數量最少，只有兩個	します（做）、来ます（來）

動詞依其「及不及物」還區分成自動詞與他動詞：

| **自動詞** |

1. 表達自然現象。

2. 不將重點放在人為或意志動作。

3. 表示狀態變化及其結果。

4. 客氣表達句意。

5. 句型表達成「～が自動詞」。

6. 中文通常理解或翻譯成「～會～、～著」。

ドアが開きます
自動詞
（門會開／門開著）

| 他動詞 |

1. 重點放在人為或意志動作。

2. 常用於表達搞砸、遺憾甚至後悔的感受。

3. 句型通常表達成「～を他動詞」。

4. 中文通常理解或翻譯成「把～、將～」。

ドアを<ruby>開<rt>あ</rt></ruby>けます
他動詞
（把門打開）

　　日語的自他動詞很常用配對方式表達出來，本書特別網羅日常生活中常用的六十九組自他動詞置於附錄（**P.430**），建議讀者多加研讀、背頌以培養語感。

032 動詞的「て」形

熱いうちに早く食べて！
（趕快趁熱吃！）

文法解説

　　動詞的「て」形很重要，不會把動詞從「～ます」變成「～て」就無法幫助動詞添加或補強其他意義。

動詞分類	變化規則	動詞て形
I 類動詞	1. 漢字＋イ段發音＋ます＋て	話して…
	2. 遇到イ段發音是い、ち、り用促音（小つ）取代	買って、待って、帰って…
	3. 遇到イ段發音是き、ぎ用い取代	書いて、急いで…
	4. 遇到イ段發音是み、に、び用鼻音ん取代，て改用で	飲んで、死んで、遊んで…
	5. 不規則變化	行って

動詞分類	變化規則	動詞て形
II 類動詞	1. 漢字＋イ段發音＋ます＋て	起きて、浴びて、借りて…
	2. 漢字＋エ段發音＋ます＋て	食べて、調べて…
	3. 漢字＋ます＋て	見て、出て、いて…
III 類動詞	不規則變化	して、来て

用例句熟悉文法內容

- ★ ♪119-01 ドアを開けて！（開門！）
- ★ ♪119-02 電気をつけて！（開燈！）
- ★ ♪119-03 荷物を持って！（拿行李！）
- ★ ♪119-04 調味料を入れて！（放調味料！）
- ★ ♪119-05 資料をコピーして！（印資料！）

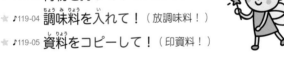

🌸 相關衍生字彙

♪119-06 領収書 [ryou-syuu-syo]
　　　　名 收據

♪119-07 書き方 [ka-ki-ka-ta] 名 寫法

♪119-08 会員証 [ka-i-i-n-syou]
　　　　名 會員證

♪119-09 親子丼 [o-ya-ko-do-n]
　　　　名 雞肉蓋飯

♪119-10 鍋料理 [na-be-ryou-ri]
　　　　名 火鍋

♪119-11 調味料 [chou-mi-ryou]
　　　　名 調味料

033 動詞＋てください

許(ゆる)してください。
（請原諒我。）

文法解說

「～て＋ください」可以幫助前面的動詞添出請求語氣，中文理解及翻譯成「請～、麻煩您～」。日語的請求語氣還可依據客氣程度分成下列說法，例如：

動詞	動詞て型	接續
		くれ。（男）／くれる？（女） （等一下。）
		ください。 （請等一下。）
待(ま)ちます	待(ま)って	くださいませんか？ （請等一下好嗎？）
		もらえませんか？ （能否麻煩您等一下？）
		いただけませんか？ （能否請您稍候片刻？）

用例句熟悉文法內容

★ ♪121-01 どうぞ座ってください。
（請坐。）

★ ♪121-02 紅茶を飲んでください。
（請喝杯紅茶。）

★ ♪121-03 六時に起きてください。
（請六點起床。）

★ ♪121-04 遅れないように来てください。
（請別遲到。）

★ ♪121-05 ゆっくり食べてください。
（請慢慢吃。）

★ ♪121-06 毎日日本語を勉強してください。
（請每天念日語。）

🌟 相關衍生字彙

♪121-07 間に合います
[ma-ni-a-i-ma-su] 動 趕得上

♪121-08 すっぽかします
[su-ppo-ka-shi-ma-su]
動 放鴿子

♪121-09 遅れます [o-ku-re-ma-su]
動 遲到

♪121-10 デートします
[dee-to-shi-ma-su] 動 約會

♪121-11 映画を見ます
[ei-ga-wo-mi-ma-su] 動 看電影

♪121-12 ショッピングします
[syo-ppi-n-gu-shi-ma-su]
動 逛街

シャワーを浴びています。
（正在淋浴。）

文法解説

　「〜て＋います」可以幫助前面的動詞添加出兩種語氣，一種是現在進行式，中文理解及翻譯成「正在〜」；另一種是動作持續狀態，中文大概理解及翻譯成「〜著」。

| 現在進行式 |

動詞ます形	動詞て形	＋います
書きます	書いて	書いています （正在寫）
話します	話して	話しています （正在說）

| 動作持続状態 |

動詞ます形	動詞て形	＋います
働（はたら）きます	働（はたら）いて	働（はたら）いています（工作著）
住（す）みます	住（す）んで	住（す）んでいます（住著）

【用例句熟悉文法內容】

★ ♪123-01 手紙（てがみ）を書（か）いています。（正在寫信。）

★ ♪123-02 緑茶（りょくちゃ）を飲（の）んでいます。（正在喝綠茶。）

★ ♪123-03 日本語（にほんご）を勉強（べんきょう）しています。（正在念日語。）

★ ♪123-04 台北（たいぺい）に住（す）んでいます。（住在台北。）

★ ♪123-05 清水先生（しみずせんせい）を知（し）っています。（認識清水老師。）

★ ♪123-06 会社（かいしゃ）で働（はたら）いています。（在公司工作。）

相關衍生字彙

♪123-07 医者（いしゃ）[i-sya] 名 醫生

♪123-08 看護師（かんごし）[ka-n-go-shi] 名 護理師

♪123-09 弁護士（べんごし）[be-n-go-shi] 名 律師

♪123-10 不動産屋（ふどうさんや）[fo-dou-sa-n-ya] 名 房仲

♪123-11 教師（きょうし）[kyou-shi] 名 老師

♪123-12 エンジニア [e-n-ji-ni-a] 名 工程師

 保持身體乾淨

♪124-01 歯を磨きます
[ha-wo-mi-ga-ki-ma-su]

動 刷牙

♪124-02 顔を洗います
[ka-o-wo-a-ra-i-ma-su]

動 洗臉

♪124-03 髪を洗います
[ka-mi-wo-a-ra-i-ma-su]

動 洗頭

♪124-04 シャワーを浴びます
[sya-waa-wo-a-bi-ma-su]

動 洗澡

♪124-05 お風呂に入ります
[o-fu-ro-ni-ha-i-ri-ma-su]

動 泡澡

⭐ 盥洗用品

♪124-06 ボディソープ
[bo-dhi-soo-pu] **名** 沐浴乳

♪124-07 シャンプー [sya-n-puu]
名 洗髮乳

♪124-08 リンス [ri-n-su] **名** 潤髮乳

♪124-09 コンディショナー
[ko-n-dhi-syo-naa]

名 護髮乳

♪124-10 洗顔料 [se-n-ga-n-ryou]
名 洗面乳

♪124-11 石鹸 [se-kke-n] **名** 肥皂

♪124-12 タオル [ta-o-ru] **名** 毛巾

♪124-13 歯ブラシ [ha-bu-ra-shi]
名 牙刷

♪124-14 歯磨き粉 [ha-mi-ga-ki-ko]
名 牙膏

不可不知的關鍵句型

♪125-01 **～てしまいました。**

不小心～

★ ♪125-02 **財布を失くしてしまいました。**
（不小心弄丟了錢包。）

★ ♪125-03 **好きになってしまいました。**
（不小心愛上了。）

★ ♪125-04 **食べすぎてしまいました。**
（不小心吃太多了。）

★ ♪125-05 **飲みすぎてしまいました。**
（不小心喝太多了。）

★ ♪125-06 **考えすぎてしまいました。**
（不小心想太多了。）

持ち帰ってもいいですか？

（可以外帶嗎？）

文法解説

「～て＋（も）いいです」可以幫助前面的動詞添加出許可語氣，中文理解及翻譯成「可以～」；「いいです」可以替換成「大丈夫です」、「かまいません」。

動詞ます形	動詞て形	＋もいいです
座ります	座って	座ってもいいです （可以坐下來）
吸います	吸って	吸ってもいいです （可以抽）
休みます	休んで	休んでもいいです （可以休息）
試食します	試食して	試食してもいいです （可以試吃）

用例句熟悉文法內容

★ ♪127-01 A：ここでタバコを吸ってもいいですか？

（可以在這裡抽菸嗎？）

★ ♪127-02 B：1.はい、どうぞ。

欣然同意

（可以的，請。）

★ ♪127-03 　　　2.すみません、ちょっと……。

婉轉拒絕，適合用於私領域

（不好意思，不太方便。）

★ ♪127-04 　　　3.いいえ、いけません。

嚴正拒絕，適合用於公領域

（不，不可以。）

★ ♪127-05 ここに座ってもいいです。 （可以坐在這。）

★ ♪127-06 写真を撮ってもいいです。 （可以拍照。）

🎀 相關衍生字彙

♪127-07 禁煙席 [ki-n-e-n-se-ki]

图 非吸菸區

♪127-08 喫煙席 [ki-tsu-e-n-se-ki]

图 吸菸區

♪127-09 分煙 [bu-n-e-n] 图 可吸或不

可吸菸的區域或時間帶

♪127-10 禁煙 [ki-n-e-n]

图 禁菸、戒菸

♪127-11 電子タバコ

[de-n-shi-ta-ba-ko] 图 電子菸

♪127-12 受動喫煙

[ju-dou-ki-tsu-e-n] 图 二手菸

ユニット 036 動詞＋てはいけません

風邪を引いたので、学校に行ってはいけません。

（因為感冒了，不能去學校。）

文法解説

「～て＋はいけません」可以幫助前面的動詞添加出禁止語氣，中文理解及翻譯成「不可以～」，「はいけません」可以用「は駄目です」替換，屬於更口語的說法。這個句型在語意上較偏向主觀禁止，明白告誡對方不可以做某事，但如果想客觀要求對方則用「はなりません」替換。如：

動詞ます形	動詞て形	＋はいけません
捨てます	捨てて	捨ててはいけません（不可以丟）
撮ります	撮って	撮ってはいけません（不可以拍）
止めます	止めて	止めてはいけません（不可以停）

128

用例句熟悉文法內容

★ ♪129-01 タバコを吸ってはいけません。
（不可以抽菸。）

★ ♪129-02 携帯を弄ってはいけません。
（不可以滑手機。）

★ ♪129-03 ここに入ってはいけません。
（不可以進來這裡。）

★ ♪129-04 音楽を聴きながら、勉強してはいけません。
（不可以邊聽音樂邊念書。）

★ ♪129-05 親の恩を忘れてはなりません。
<u>不只對方，包括說話者自己都不可以忘</u>
（父母恩，不可忘。）

相關衍生字彙

♪129-06 写真 [sya-shi-n] 名 照片

♪129-07 セルカ棒 [se-ru-ka-bou]
名 自拍棒

♪129-08 自撮り [ji-do-ri] 名 自拍

♪129-09 撮影 [sa-tsu-ei]
名 攝影

♪129-10 デジカメ [de-ji-ka-me]
名 數位相機

♪129-11 立入禁止
[ta-chi-i-ri-ki-n-shi]
名 非請莫入

129

朝起きてから、ペットと遊びます。
（早上起床後和寵物玩耍。）

文法解說

「～て＋から」可以幫助前面的動詞加強先後次序的語氣，中文理解及翻譯成「～之後才～」。這個句型是強調個人習慣、社會普遍秩序常發生的前後動作次序。如：

動詞ます形	動詞て形	＋から
洗<ruby>あら</ruby>います	洗<ruby>あら</ruby>って	洗<ruby>あら</ruby>ってから （洗過之後才～）
磨<ruby>みが</ruby>きます	磨<ruby>みが</ruby>いて	磨<ruby>みが</ruby>いてから （刷過之後才～）
来<ruby>き</ruby>ます	来<ruby>き</ruby>て	来<ruby>き</ruby>てから （來之後才～）
します	して	してから （做過之後才～）

用例句熟悉文法內容

★ ♪131-01 家へ帰ってから、晩御飯を食べます。
（回家後才吃晚飯。）

★ ♪131-02 歯を磨いてから、寝ます。
（刷完牙才睡覺。）

★ ♪131-03 宿題をしてから、ゲームをします。
（寫完功課才打電動。）

★ ♪131-04 手を洗ってからご飯を食べます。
個人習慣及一般秩序都這麼做
（洗完手才吃飯。）

★ ♪131-05 日本へ来てから日本語を勉強しました。
強調是先來到日本，之後才學日語的
（來日本後才學日語。）

🌸 相關衍生字彙

♪131-06 お箸 [o-ha-shi] 名 筷子

♪131-07 レンゲ [re-n-ge]
名 湯匙（吃拉麵喝湯用）

♪131-08 ナイフ [na-i-fu] 名 餐刀

♪131-09 フォーク [foo-ku]
名 叉子

♪131-10 お皿 [o-sa-ra] 名 盤子

♪131-11 茶碗 [cha-wa-n]
名 飯碗、茶碗

動詞的「ない」形

彼は来ない。＝彼は来ません。
（他不來）

文法解說

　　動詞的「ない」形可以幫助動詞變成否定並結束句子，這和讀者已熟悉的「～ません」意義相同，只是較不鄭重。另外也可以幫助動詞修飾名詞。三大類動詞的「ない」形變化方式不同，分述如下：

動詞分類	變化規則	動詞ない形
I 類動詞	1. 漢字＋イ段發音改成ア段＋ます＋ない	書かない、急がない、話さない、遊ばない…
	2. 注意：い的ア段發音用わ表達	買わない…

132

動詞分類	變化規則	動詞ない形
II 類動詞	1. 漢字＋イ段發音＋ます＋ない	起きない、浴びない、借りない…
	2. 漢字＋エ段發音＋ます＋ない	食べない、調べない、生まれない…
	3. 漢字＋ます＋ない	見ない、出ない、いない…
III 類動詞	不規則變化	しない、来ない

【用例句熟悉文法內容】

★ ♪133-01 日本へ行きません。（不去日本。）

★ ♪133-02 日本へ行かない。（不去日本。）
句子結束，較不鄭重

★ ♪133-03 日本へ行かない人は陳さんです。
修飾後面的名詞
（不去日本的人是陳小姐。）【不可說成「日本へ行きません人は陳さんです」】

🎀 相關衍生字彙

♪133-04 アメリカ [a-me-ri-ka]
名 美國

♪133-05 韓国 [ka-n-ko-ku] 名 韓國

♪133-06 フランス [fu-ra-n-su]
名 法國

♪133-07 ヨーロッパ [yoo-ro-ppa]
名 歐洲

♪133-08 マレーシア [ma-ree-shi-a]
名 馬來西亞

♪133-09 フィリピン [fi-ri-pi-n]
名 菲律賓

 不要做壞事

♪134-01 **カンニングをします**
[ka-n-ni-n-gu-wo-shi-ma-su]
動 作弊

♪134-02 **盗みます**
[nu-su-mi-ma-su] **動** 偷竊

♪134-03 **嘘をつきます** [u-so-wo-
tsu-ki-ma-su]
動 撒謊

♪134-04 **詐欺を働きます**
[sa-gi-wo-ha-ta-ra-ki-ma-su]
動 詐欺

♪134-05 **麻薬を吸います**
[ma-ya-ku-wo-su-i-ma-su]
動 吸毒

♪134-06 **誘拐します**
[yuu-k-ai-shi-ma-su] **動** 誘拐

♪134-07 **容疑者** [you-gi-sya]
名 嫌犯

♪134-08 **犯人** [ha-n-ni-n] **名** 犯人

♪134-09 **スキャンダル**
[su-kya-n-da-ru] **名** 醜聞

♪134-10 **不倫** [fu-ri-n] **名** 婚外情

♪134-11 **指名手配**
[shi-mei-te-ha-i] **名** 通緝

♪134-12 **逮捕します**
[ta-i-ho-shi-ma-su] **動** 逮捕

各人造業各人擔

♪134-13 **刑務所** [kei-mu-syu] **名** 監獄

♪134-14 **警察** [kei-sa-tsu] **名** 警察

♪134-15 **手錠** [te-jou] **名** 手銬

♪134-16 **刑罰** [kei-ba-tsu] **名** 刑罰

♪134-17 **罰金** [ba-kki-n] **名** 罰金

♪134-18 **弁護士** [be-n-go-shi]
名 律師

♪135-01 **～ないほうがいいです。**

最好別～

★ ♪135-02 タバコを吸わないほうがいいです。
（最好別抽菸。）

★ ♪135-03 お酒を飲まないほうがいいです。
（最好別喝酒。）

★ ♪135-04 あそこには行かないほうがいいです。
（最好別去那裡。）

★ ♪135-05 悪口を言わないほうがいいです。
（最好別說人壞話。）

★ ♪135-06 あの人とは付き合わないほうがいいです。
（最好別跟那個人交往。）

ユニット 039 動詞的「原」形

携帯で遊ぶ。
＝携帯で遊びます。
（玩手機遊戲。）

文法解說

　　動詞的「原」形可以幫助動詞結束句子，這和讀者已熟悉的「～ます」形態意義相同，只是較不鄭重。另外也可以幫助動詞修飾名詞。三大類動詞的「原」形變化方式不同，分述如下：

動詞分類	變化規則	動詞原形
Ⅰ類動詞	漢字＋イ段發音改成ウ段＋ます	買う、書く、急ぐ、話す、待つ…
Ⅱ類動詞	1. 漢字＋イ段發音＋ます＋る	起きる、浴びる、借りる…
	2. 漢字＋エ段發音＋ます＋る	食べる、調べる、生まれる…
	3. 漢字＋ます＋る	見る、出る、いる…
Ⅲ類動詞	不規則變化	する、来る

136

用例句熟悉文法內容

★ ♪137-01 友達にプレゼントをあげます。
（給朋友禮物。）

★ ♪137-02 友達にプレゼントをあげる。
句子結束，此種結尾較不鄭重
（給朋友禮物。）

★ ♪137-03 これは友達にあげるプレゼントです。
修飾後面的名詞時，不可用動詞ます形
（這是要給朋友的禮物。）【不可說成「これは友達にあげますプレゼントです」】

🌟 相關衍生字彙

♪137-04 油を売る [a-bu-ra-wo-u-ru]
成 偷懶

♪137-05 石橋を叩いて渡る
[i-shi-ba-shi-wo-ta-ta-i-te-wa-ta-ru]
成 謹小慎微

♪137-06 板につく [i-ta-ni-tsu-ku]
成 得心應手

♪137-07 芋を洗う [i-mo-wo-a-ra-u]
成 擁擠不堪

♪137-08 腕を揮う [u-de-wo-fu-ru-u]
成 大顯身手

♪137-09 旨い汁を吸う
[u-ma-i-shi-ru-wo-su-u]
成 不勞而獲

137

040 動詞的「た」形

先週、コンサートに行った。
＝先週、コンサートに行きました。

（上週去了演唱會。）

文法解說

　　動詞的「た」形可幫助動詞表達過去式並結束句子，這和讀者所熟悉的「～ました」意義相同，只是較不鄭重。另外，也可以幫助動詞修飾名詞。

　　三大類動詞的「た」形變化方式不同，分述如下：

動詞分類	變化規則	動詞た形
I類動詞	1. 漢字＋イ段發音＋ます＋た	話した…
	2. 遇到イ段發音是い、ち、り用促音（小つ）取代	買った、待った、帰った…
	3. 遇到イ段發音是き、ぎ用い取代	書いた、急いだ…

138

動詞分類	變化規則	動詞た形
I 類動詞	4. 遇到イ段發音是み、に、び用鼻音ん取代，た改用だ	飲んだ、死んだ、遊んだ…
	5. 不規則變化	行った
II 類動詞	1. 漢字＋イ段發音＋ます＋た	起きた、浴びた、借りた…
	2. 漢字＋エ段發音＋ます＋た	食べた、調べた…
	3. 漢字＋ます＋た	見た、出た、いた…
III 類動詞	不規則變化	した、来た

用例句熟悉文法內容

★ ♪139-01 **先週お土産を買いました。**（上週買了伴手禮。）

★ ♪139-02 **先週お土産を買った。**（上週買了伴手禮。）
句子結束，較不鄭重

★ ♪139-03 **これは先週買ったお土産です。**
修飾後面的名詞，不可用「買いました」
（這是上週買的伴手禮。）

相關衍生字彙

♪139-04 **ウーロン茶** [uu-ro-n-cha]
名 烏龍茶

♪139-05 **パイナップルケーキ**
[pa-i-na-ppu-ru-kee-ki] 名 鳳梨酥

♪139-06 **洋菓子** [you-ga-shi]
名 洋式甜點

♪139-07 **抹茶** [ma-ccha] 名 抹茶

パート 3

動詞句型

不可不知的關鍵句型

♪140-01 私は毎日〜ことにしています。

我習慣每天〜

★ ♪140-02 私は毎日本を読むことにしています。

（我習慣每天看書。）

★ ♪140-03 私は毎日掃除することにしています。

（我習慣每天打掃。）

★ ♪140-04 私は毎日玄米茶を飲むことにしています。

（我習慣每天喝糙米茶。）

★ ♪140-05 私は毎日Eメールをチェックすることにしています。

（我習慣每天看電子郵件。）

★ ♪140-06 私は毎日髭を剃ることにしています。

（我習慣每天刮鬍子。）

140

不可不知的關鍵句型

♪141-01 私は～たことがあります。

我曾經～

★ ♪141-02 私は日本へ行ったことがあります。
（我曾經去過日本。）

★ ♪141-03 私はお酒を飲んだことがあります。
（我曾經喝過酒。）

★ ♪141-04 私はお花見をしたことがあります。
（我曾經賞過花。）

★ ♪141-05 私は納豆を食べたことがあります。
（我曾經吃過納豆。）

★ ♪141-06 私は温泉に入ったことがあります。
（我曾經泡過溫泉。）

悪いことをすれば、警察に逮捕されます。
（如果做了壞事的話，會被警察逮捕。）

文法解說

動詞的假設形依其假設型態有四種說法，接續方式如下：

1. 動詞＋ば

表示條件假設，中文可以理解成「只要～的話」；三大類動詞的接續變化方式不同，分述如下：

動詞分類	變化規則	動詞ば形
Ⅰ類動詞	漢字＋イ段改成エ段發音＋ます＋ば	買えば、書けば、急げば…

動詞分類	變化規則	動詞ば形
II 類動詞	1. 漢字＋イ段發音＋**ます**＋れ＋ば	起きれば、浴びれば、借りれば…
	2. 漢字＋エ段發音＋**ます**＋れ＋ば	食べれば、調べれば…
	3. 漢字＋**ます**＋れ＋ば	見れば、出れば、いれば…
III 類動詞	不規則變化	すれば、来れば

2. 動詞た形＋ら

表示假設某情形狀況已經成為事實，中文可以理解成「真的～的話」，三大類動詞的接續方式相同。

3. 動詞原形／ない形＋と

表示前後狀況的連接性高，中文可以理解成「一旦～的話就～」，三大類動詞的接續方式相同。

4. 動詞原形／ない形／た形＋なら

表示對已知的事實所做的假設，中文可以理解成「要是～的話」，三大類動詞的接續方式相同。

用例句熟悉文法內容

★ ♪144-01 どうすれば、日本語が上手になりますか？

（怎麼做日文才會進步呢？）

★ ♪144-02 明日雨が降れば、運動会は中止になります。

（明天只要下雨，運動會就會取消。）

★ ♪144-03 明日雨が降ったら、出かけません。

（若明天下雨的話就不出門。）

★ ♪144-04 寮で勉強してたら、一朗さんが来ました。

（當我在宿舍念書時，一朗他來了。）

★ ♪144-05 春になると、花が咲きます。

強調前面的情形狀況一旦發生，就會引發後面結果

（春天一到，百花盛開。）

★ ♪144-06 父は毎朝起きるとコーヒーを飲みます。

（爸爸每天早上一起床就會喝咖啡。）

★ ♪144-07 コートでも着ないと、風邪を引きますよ。

（一旦不穿外套什麼的話會感冒哦！）

144

★ ♪145-01 フランスへ行くなら、香水でも買って来て

在聽到對方說要去法國時接著對方的話往下說，常用在給建議時

くください。

（你要是去法國的話幫我買個香水之類的。）

★ ♪145-02 私を愛していないなら、はっきり言えばい
いのに。

（不愛我的話明講不就好了。）

★ ♪145-03 世界から希望が消えたなら、…。

（要是希望從這個世界消失了……。）

★ ♪145-04 あのショッピングモールへ行くなら、バス
が便利です。

（要去那間購物中心的話，公車很方便。）

🌟 相關衍生字彙

♪145-05 幸せ [shi-a-wa-se]
　　名 幸福

♪145-06 幸福 [kou-fu-ku] 名 幸福

♪145-07 幸子 [sa-chi-ko]
　　名 幸子（女子名）

♪145-08 幸恵 [yu-ki-e]
　　名 幸恵（女子名）

♪145-09 諦観 [tei-ka-n]
　　名 看清、看破紅塵

♪145-10 諦め [a-ki-ra-me] 名 死心

042 動詞的命令形

セクハラは駄目(だめ)です、やめなさい！
（性騷擾是不行的，快住手！）

文法解說

　　動詞的命令形可以大致分成「嚴正命令」和「教育命令」兩種，前者語氣較強較兇，後者通常用於**教育孩子或學生時**。

　　1.「嚴正命令」：三大類動詞的變化方式不同，分述如下：

動詞分類	變化規則	動詞命令形
Ⅰ類動詞	漢字＋イ段發音改成エ段＋ます	買(か)え、書(か)け、急(いそ)げ、話(はな)せ…
Ⅱ類動詞	1. 漢字＋イ段發音＋ます＋ろ	起(お)きろ、浴(あ)びろ、借(か)りろ…
	2. 漢字＋エ段發音＋ます＋ろ	食(た)べろ、調(しら)べろ、生(う)まれろ…
	3. 漢字＋ます＋ろ	見(み)ろ、出(で)ろ、いろ…

146

動詞分類	變化規則	動詞命令形
III 類動詞	不規則變化	しろ、来い

2.「教育命令」：三大類動詞同一種變化方式：去掉字尾的ます，加上なさい，如：書きなさい、食べなさい、見なさい。

用例句熟悉文法內容

★ ♪147-01 もう 6 時だよ、早く起きろ！
（已經六點囉，快給我起床！）

★ ♪147-02 もう 6 時ですよ、早く起きなさい！
（已經六點囉，快起床！）

相關衍生字彙

♪147-03 朝寝坊 [a-sa-ne-bou]
　　名 睡懶覺

♪147-04 満員電車 [ma-n-i-n-de-n-sya]
　　名 爆滿的電車

♪147-05 ぐずぐず [gu-zu-gu-zu]
　　副 拖拖拉拉

♪147-06 定刻 [tei-ko-ku] 名 準時

♪147-07 遅刻 [chi-ko-ku] 名 遲到

♪147-08 ラッシュアワー
　　[ra-ssyu-a-waa]
　　名 交通尖峰時刻

 忙碌之餘也要放鬆

♪148-01 **ボードゲーム**
[boo-do-gee-mu] 名 桌遊

♪148-02 **テレビゲーム**
[te-re-bi-gee-mu]
名 電視機遊戲

♪148-03 **スマホゲーム**
[su-ma-ho-gee-mu]
名 手機遊戲

♪148-04 **オンラインゲーム**
[o-n-ra-i-n-gee-mu]
名 線上遊戲

♪148-05 **ロールプレイング
ゲーム**
[roo-ru-pu-re-i-n-gu-gee-mu]
名 角色扮演遊戲

♪148-06 **バーチャルリアリ
ティー**
[baa-cha-ru-ri-a-ri-thii]
名 虛擬實境

♪148-07 **携帯ゲーム**
　　　けい たい
[kei-ta-i-gee-mu]
名 攜帶型遊戲

♪148-08 **カードゲーム**
[kaa-do-gee-mu]
名 卡牌遊戲

♪148-09 **パズルゲーム**
[pa-zu-ru-gee-mu]
名 益智遊戲

♪148-10 **無料ゲーム**
　　　む りょう
[mu-ryou-gee-mu]
名 免費遊戲

♪148-11 **アーケードゲーム**
[aa-kee-do-gee-mu]
名 大型街機

♪148-12 **ガチャガチャ**
[ga-cha-ga-cha] 名 扭蛋

♪148-13 **トランプ** [to-ra-n-pu]
名 撲克牌

♪148-14 **賽子** [sa-i-ko-ro] 名 骰子
　　　さい ころ

♪148-15 **麻雀** [maa-jya-n] 名 麻將
　　　まあじゃん

♪148-16 **花札** [ha-na-fu-da]
　　　はな ふだ
名 花牌

♪148-17 **カルタ** [ka-ru-ta]
名 歌牌

♪149-01 時間<ruby>じ<rt></rt></ruby>がありませんから、早<ruby>はや<rt></rt></ruby>く～なさい。

沒時間了，快點～！

★ ♪149-02 時間<ruby>じかん<rt></rt></ruby>がありませんから、早<ruby>はや<rt></rt></ruby>く起<ruby>お<rt></rt></ruby>きなさい。

（沒時間了，快點起床！）

★ ♪149-03 時間<ruby>じかん<rt></rt></ruby>がありませんから、早<ruby>はや<rt></rt></ruby>く食<ruby>た<rt></rt></ruby>べなさい。

（沒時間了，快點吃！）

★ ♪149-04 時間<ruby>じかん<rt></rt></ruby>がありませんから、早<ruby>はや<rt></rt></ruby>く歯<ruby>は<rt></rt></ruby>を磨<ruby>みが<rt></rt></ruby>きなさい。

（沒時間了，快點刷牙！）

★ ♪149-05 時間<ruby>じかん<rt></rt></ruby>がありませんから、早<ruby>はや<rt></rt></ruby>く顔<ruby>かお<rt></rt></ruby>を洗<ruby>あら<rt></rt></ruby>いなさい。

（沒時間了，快點洗臉！）

★ ♪149-06 時間<ruby>じかん<rt></rt></ruby>がありませんから、早<ruby>はや<rt></rt></ruby>く行<ruby>い<rt></rt></ruby>きなさい。

（沒時間了，快點去！）

149

パート 4
日語句子中的助詞

<ruby>家<rt>うち</rt></ruby>へ<ruby>帰<rt>かえ</rt></ruby>ってもいいです。

（可以回家去。）

文法解說

　　日語的助詞算是附屬語，附屬二字明白地告訴我們，它不是主要的構句要素，只能附加在別的語詞底下才能發揮作用、產生語感，所以說它很虛無一點也不為過，一般來說，它算是學習上較難具體掌握的環節。助詞依照其主要接續的語詞及句中功能分成：

　　1. 格助詞（表示名詞與其他語詞的相互關係）：が、の、を、に、へ、と、より、から、で、や、まで

　　2. 副助詞（表示添加其他意義）：は、も、こそ、さえ、でも、だって、まで、なり、しか、だけ、きり、ばかり、ほど、ぐらい、やら、か、など、ずつ

3. 接續助詞（表示句子與句子間的關係）：
て、ても、ては、ながら、たり、と、が、けれども、
し、から、ので、のに、ば

　　4. 終助詞（加強各種語氣情感）：か、ね、な、よ、の、と
も、わ、かしら、もの、さ、ぞ

　　本書將列舉出各助詞的主要用法及淺顯易懂的例句，希望讀者試著理解的同時也能順便背誦例句，這將有助於句意解讀。

　　請讀者特別留意的是，日語助詞有一樣很大的特色，就是同一個助詞或許同扮演多重角色，例如「が」、「と」、「から」等助詞，它們同時可以當「格助詞」以及「接續助詞」使用；「の」這個助詞，它同時可以當「格助詞」以及「終助詞」使用，諸如此類，令人眼光瞭亂。當然角色不同，它的用法和意義就不一樣，但只要做好整理歸納的功夫，助詞也絕對可以順利過關！

〔 用例句熟悉文法內容 〕

★ ♪153-01 そこにいるのは洪先生です。

　　（待在那裡的是洪老師。）

★ ♪153-02 写真を撮ってもいいです。

　　（可以拍照。）

044 格助詞 が

が可表示 下述意義	動態動作主語
	靜態動作主語
	新資訊
	眼前事實
	疑問詞當主語問與答
	和指示詞結合表示語氣轉折
	連體修飾語的主語
	能力內容
	想要的內容
	好惡／擅長或不擅長的內容

用例句熟悉文法內容

★ ♪154-01 鳥が空を飛んでいます。（鳥在天空飛。）

★ ♪154-02 机の上に本があります。（桌上有本書。）

★ ♪154-03 昔、昔、ある所にお爺ちゃんとお婆ちゃんがいました。お爺ちゃんは…。
（從前、從前，某個地方有位老爺爺和老婆婆。老爺爺……。）

★ ♪155-01 花が咲いています。（花正盛開。）

★ ♪155-02 A：誰が追っ駆けですか？（誰是追星族？）

　　　　B：私が追っ駆けです。（我就是追星族。）

★ ♪155-03 12時に会う約束でした。<u>それが</u>12時半に

　　　　　　　和「ところが」、「それなのに」等接續詞同義

　　　なっても現れませんでした。

　　　（原本約十二點的。但到了十二點半他都沒現身。）

★ ♪155-04 これは先生が書いた本です。

　　　（這是老師所寫的書。）

★ ♪155-05 私は日本語ができます。（我會日語。）

★ ♪155-06 私は新型スマホが欲しいです。

　　　（我想要一台新的智慧型手機。）

★ ♪155-07 私は日本語が好きです。（我喜歡日語。）

★ ♪155-08 私は数学が下手です。（我數學不好。）

⭐ 相關衍生字彙

♪155-09 テスト [te-su-to] 名 考試

♪155-10 中間テスト
[chuu-ka-n-te-su-to] 名 期中考

♪155-11 期末試験 [ki-ma-tsu-shi-ke-n]
名 期末考

♪155-12 日本語能力試験
[ni-ho-n-go-nou-ryo-ku-shi-ke-n]
名 日語能力測驗

♪155-13 カンニング
[ka-n-ni-n-gu] 名 作弊

♪155-14 中退 [chuu-ta-i] 名 退學

```
                    ┌── 所有、所屬
                    ├── 材質
                    ├── 事物內容
                    ├── 動作進行方式、事務處理方法
                    ├── 動作發生時間
  の可表示 ──────────┤── 數量
  下述意義           ├── 形狀、顏色、性質
                    ├── 存在地點、產地
                    ├── 同位格
                    ├── 連體修飾語的主語
                    └── ～（的）東西、事情、情況、人
```

【用例句熟悉文法內容】

★ ♪156-01 これは<ruby>私<rt>わたし</rt></ruby>の<ruby>本<rt>ほん</rt></ruby>です。（這是我的書。）

★ ♪156-02 <ruby>革<rt>かわ</rt></ruby>の<ruby>鞄<rt>かばん</rt></ruby>（皮製的包包）

★ ♪156-03 これはコンピューターの<ruby>雑誌<rt>ざっし</rt></ruby>です。
（這是本電腦雜誌。）

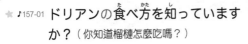

☆ ♪157-01 ドリアンの食べ方を知っていますか？（你知道榴槤怎麼吃嗎？）

☆ ♪157-02 朝の授業は本当にきついです。
（早上的課真難熬。）

☆ ♪157-03 一年に四つの季節があります。（一年有四季。）

☆ ♪157-04 あの紺のスーツを着ている人は鈴木先生です。（那位穿著深藍色西裝的人是鈴木老師。）

☆ ♪157-05 日光の紅葉は本当に綺麗ですね。
（日光的楓葉真好美。）

☆ ♪157-06 この人は私の友達の陳さんです。
＝である，強調陳同學就是我朋友，我朋友就是陳同學
（這個人是我的朋友陳同學。）

☆ ♪157-07 これは先生の書いた本です。（這是老師所寫的書。）

☆ ♪157-08 このペンは私のです。（這支筆是我的。）

⭐ 相關衍生字彙

♪157-09 筆箱 [fu-de-ba-ko] 名 鉛筆盒

♪157-10 鉛筆 [e-n-pi-tsu] 名 鉛筆

♪157-11 手帳 [te-chou] 名 記事本

♪157-12 修正テープ
[syuu-sei-tee-pu] 名 立可帶

ユニット

046 格助詞を

を可表示
下述意義

- 動作對象或內容
- 移動動作所經場所
- 動作脫離的地點
- 動作變化方向
- 自動詞的使役對象
- 時光

口紅を塗る。
（塗口紅。）

用例句熟悉文法內容

★ ♪159-01 映画を見ます。（看電影。）

★ ♪159-02 バスを降ります。（下公車。）

★ ♪159-03 橋を渡ります。（過橋。）

★ ♪159-04 小鳥が空を飛びます。
（小鳥飛過天空。）

★ ♪159-05 花子さんは恥ずかしそうに下を向きました。
（花子小姐很害羞似地低下頭去。）

★ ♪159-06 悪戯をして先生を怒らせました。
（惡作劇惹老師生氣。）

★ ♪159-07 良いお年をお過ごしください。
（祝您過個好年。）

🌟 相關衍生字彙

♪159-08 むかつきます
[mu-ka-tsu-ki-ma-su] 動 生氣

♪159-09 ネットいじめ
[ne-tto-i-ji-me] 名 網路霸凌

♪159-10 虐めます
[i-ji-me-ma-su] 動 欺負

♪159-11 暴力 [bou-ryo-ku]
名 暴力

047 格助詞に

```
                    ┌─── 特定時間
                    │
                    ├─── 地點
                    │
                    ├─── 靜態動作存在地點
                    │
                    ├─── 動作對象
 に可表示            │
 下述意義  ──────────┼─── 固定搭配
                    │
                    ├─── 「行きます、来ます、帰りま
                    │    す」等動作的目的
                    │
                    ├─── 表示變化結果、決定結果
                    │
                    └─── 他動詞的使役對象
```

用例句熟悉文法內容

♪160-01 授業は 7 時に始まります。（七點開始上課。）

♪160-02 図書館に来ます。（來圖書館。）

♪160-03 家は代官山にあります。（我家住代官山。）

160

★ ♪161-01 友達に会います。（見朋友。）

★ ♪161-02 朝ごはんはいつもパンにコーヒー
で済ませます。
（早餐總是麵包配咖啡就解決。）

★ ♪161-03 日本へ医学の勉強に行きます。
（去日本念醫學。）

★ ♪161-04 私は将来大統領になります。
「名詞＋になります」表示變化結果
（我將來要當總統。）

★ ♪161-05 私は牛丼にします。
「名詞＋にします」表示決定結果
（我要點牛肉蓋飯。）

★ ♪161-06 美冴は新ちゃんにピーマンを食べさせます。
（美冴叫小新吃青椒。）

🌟 相關衍生字彙

♪161-07 山芋 [ya-ma-i-mo] 名 山藥

♪161-08 大根 [da-i-ko-n] 名 白蘿蔔

♪161-09 キャベツ [kya-bbe-tsu] 名 高麗菜

♪161-10 レタス [re-ta-su] 名 萵苣

♪161-11 ねぎ [ne-gi] 名 蔥

♪161-12 ナス [na-su] 名 茄子

161

048 格助詞へ、と、や

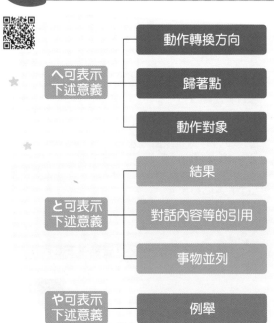

へ可表示
下述意義
- 動作轉換方向
- 歸著點
- 動作對象

と可表示
下述意義
- 結果
- 對話內容等的引用
- 事物並列

や可表示
下述意義
- 例舉

用例句熟悉文法內容

♪162-01 すみません、次の信号を右へ曲がってください。

（不好意思，請在下一個紅綠燈往右轉。）

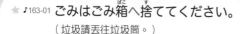

★ ♪163-01 ごみはごみ箱へ捨ててください。

（垃圾請丟往垃圾筒。）

★ ♪163-02 日本の友達へ手紙を書きます。

（寫信給住日本的朋友。）

★ ♪163-03 先生となりました。

＝に，但語感上較偏文言

（當上老師了。）

★ ♪163-04 お誕生日おめでとうと言われました。

口語中可用って取代

（他跟我說了聲生日快樂。）

★ ♪163-05 お土産と絵葉書を買いました。

（買了伴手禮跟風景明信片。）

★ ♪163-06 大根や大蒜を買いました。

（買了蘿蔔啦大蒜之類的。）

🌟 相關衍生字彙

♪163-07 住所 [juu-syo] 名 住址

♪163-08 コード番号
[koo-do-ba-n-gou] 名 郵遞區號

♪163-09 郵便料金
[yuu-bi-n-ryou-ki-n] 名 郵資

♪163-10 書留 [ka-ki-to-me]
名 掛號

163

 日本的垃圾分類很嚴格

♪164-01 燃える[も]ゴミ
[mo-e-ru-gu-mi]
图 可燃垃圾

♪164-02 燃えない[も]ゴミ
[mo-e-na-i-go-mi]
图 不可燃垃圾

♪164-03 ペットボトル
[pe-tto-bo-to-ru]
图 寶特瓶

♪164-04 瓶[びん][bi-n] 图 玻璃瓶

♪164-05 缶[かん][ka-n] 图 鐵罐

♪164-06 紙[かみ][ka-mi] 图 紙

♪164-07 電池[でんち][de-n-chi] 图 電池

♪164-08 生ごみ[なま]
[na-ma-go-mi] 图 廚餘

⭐ 將家裡打掃乾淨

♪164-09 ゴミを捨てます[す]
[go-mi-wo-su-te-ma-su] 動 丟垃圾

♪164-10 ほうき [hou-ki] 图 掃把

♪164-11 ちりとり [chi-ri-to-ri] 图 畚箕

♪164-12 モップ [mo-ppu] 图 拖把

♪164-13 掃除機[そうじき][sou-ji-ki] 图 吸塵器

♪164-14 雑巾[ぞうきん][zou-ki-n] 图 抹布

♪164-15 流し台[ながだい][na-ga-shi-da-i]
图 流理臺

♪164-16 バケツ [ba-ke-tsu]
图 水桶

♪164-17 コロコロクリーナー
[ko-ro-ko-ro-ku-rii-naa]
图 除塵滾筒

不可不知的關鍵句型

♪165-01 ～へ～に行きます。

去～做～

★ ♪165-18 デパートへ買い物に行きます。
（去百貨公司購物。）

★ ♪165-19 学校へ勉強に行きます。
（去學校念書。）

★ ♪165-20 上野公園へお花見に行きます。
（去上野公園賞花。）

★ ♪165-21 レストランへ食事に行きます。
（去餐廳用餐。）

★ ♪165-22 日本へ留学に行きます。
（去日本留學。）

```
                    ┌─── 比較基準
                    │
     より可表示 ─────┼─── 時間、場所起點
     下述意義       │
                    └─── 除此之外別無他法


                    ┌─── 時間、場所的起點
                    │
     から可表示 ─────┼─── 製造原料
     下述意義       │
                    └─── 原因、理由
```

やま うみ す
山より、海のほうが好きです。
（比起山，比較喜歡海。）

166

用例句熟悉文法內容

★ ♪167-01 テレビより映画のほうが見たいです。

（比起電視更想看電影。）

★ ♪167-02 桜前線によると、四国より南では桜が半開
だそうです。

（據櫻花鋒面報導，四國以南的櫻花都已半開。）

★ ♪167-03 合格するには勉強するよりほかに

「〜より＋ほか（に）＋否定」表示除此之外別無他法

仕方がありません。

（要考上，除了念書別無他法。）

★ ♪167-04 8時10分から試験を始めます。

（八點十分開始考試。）

★ ♪167-05 味噌は大豆から作られます。

から只能用於製造過程屬「化學變化」時

（味噌是用大豆做的。）

★ ♪167-06 タバコの火から山火事になりました。

（香煙的火苗引起了火燒山。）

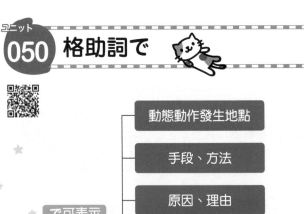

で可表示
下述意義

- 動態動作發生地點
- 手段、方法
- 原因、理由
- 限定、範圍
- 整體狀態
- 製造原料

用例句熟悉文法內容

★ ♪168-01 スタバでコーヒーを飲みます。
（在星巴克喝咖啡。）

★ ♪168-02 カードでいいですか。
（可以刷卡嗎？）

♪169-01 ごめんね、私^{わたし}のせいで。

（抱歉，都怪我。）

♪169-02 台北^{たいぺい}では１０１が一番高^{いちばんたか}いです。

（在台北，**101** 大樓最高。）

♪169-03 全部^{ぜんぶ}でいくらですか？

（全部多少錢？）

♪169-04 日本人^{にほんじん}の家^{いえ}は木^きで建^たてられることが多^{おお}いです。

（日本人的房子多是木造的。）

♪169-05 味噌^{みそ}は大豆^{だいず}で作^{つく}られます。

製造過程不論是「物理變化」還是「化學變化」皆可使用で

（味噌是用大豆做的。）

✨ 相關衍生字彙

♪169-06 モスバーガー
[mo-su-baa-gaa] 名 摩斯漢堡

♪169-07 マクドナルド
[ma-ku-do-na-ru-do] 名 麥當勞

♪169-08 ケンタッキー
[ke-n-ta-kkii] 名 肯德基

♪169-09 コメダ珈琲^{こおひい}
[ko-me-da-koo-hii]
名 客美多咖啡

♪169-10 チュンスイタン
[chu-n-su-i-ta-n] 名 春水堂

051 格助詞まで

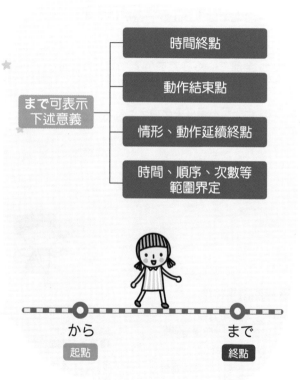

時間終點

動作結束點

情形、動作延續終點

時間、順序、次數等範圍界定

まで可表示
下述意義

から
起點

まで
終點

用例句熟悉文法內容

★ ♪171-01 試験は 12 時までです。
（考試考到十二點。）

★ ♪171-02 学校まで走りました。
（跑到學校。）

★ ♪171-03 こう言われて、私は耳たぶまで赤くなりました。
（被這麼一說，整個臉紅到耳垂。）

★ ♪171-04 今日はこれで終わりましょう。15 ページまで復習するように！
（今天就上到這。記得要復習到十五頁哦！）

★ ♪171-05 東京駅までお願いします。
（（計程車裡）麻煩到東京車站。）

🌟 相關衍生字彙

♪171-06 照れます [te-re-ma-su]
動 害羞

♪171-07 鼻 [ha-na] 名 鼻子

♪171-08 目 [me] 名 眼睛

♪171-09 口 [ku-chi] 名 嘴巴

♪171-10 髪 [ka-mi] 名 頭髮

♪171-11 眉毛 [ma-yu-ge] 名 眉毛

171

```
                        ┌─────────────────────────────┐
                        │          主題提示            │
        は可表示        ├─────────────────────────────┤
        下述意義  ──────┤     區別、強調、對比         │
                        ├─────────────────────────────┤
                        │ 置於部分格助詞後加強其意義   │
                        └─────────────────────────────┘

                        ┌─────────────────────────────┐
                        │           類比               │
        も可表示        ├─────────────────────────────┤
        下述意義  ──────┤     強調數量多、程度高       │
                        ├─────────────────────────────┤
                        │           類推               │
                        └─────────────────────────────┘
```

私は台湾人です。
（我是台灣人。）

私も台湾人です。
（我也是台灣人。）

も可以直接取代は、が、
を這三個助詞，但遇到不
能取代的助詞則置於其後

172

用例句熟悉文法內容

パート 4

日語句子中的助詞

★ ♪173-01 私は大学の先生です。

（我是大學教師。）

★ ♪173-02 平仮名は書けますが、片仮名は書けません。

（平假名會寫，但片假名不會寫。）

★ ♪173-03 鈴木さんには話しましたが、田中さんには話していません。

（跟鈴木同學說過了，但田中同學還沒說。）

★ ♪173-04 きのう、一時間も日本語を復習しました。

置於數量詞後

（昨天複習了長達一個鐘頭的日語。）

★ ♪173-05 その時は、ABC も分かりませんでした。

「も＋否定」表示類推

（當時連 ABC 都搞不懂。）

相關衍生字彙

♪173-06 幼稚園 [you-chi-e-n]
　　名 幼稚園

♪173-07 小学校 [syou-ga-kkou]
　　名 小學

♪173-08 中学校 [chuu-ga-kkou]
　　名 國中

♪173-09 高校 [kou-kou]
　　名 高中

♪173-10 大学院 [da-i-ga-ku-i-n]
　　名 研究所

♪173-11 専門学校
　　[se-n-mo-n-ga-kkou] 名 專科

173

こそ可表示下述意義	強調

さえ可表示下述意義	極端例子類推
	限定

いいえ

お酒が嫌いなので、上司に誘われても行こうとさえしませんでした。
（不愛喝酒，就算上司找也是連去都不想去。）

174

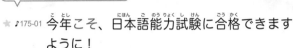

パート 4 日語句子中的助詞

用例句熟悉文法內容

★ ♪175-01 今年こそ、日本語能力試験に合格できますように！

（希望就在今年考過日檢。）

★ ♪175-02 今こそ皆さんの力が必要です。

（現在正需要大家的協助。）

★ ♪175-03 基本的なあいうえおさえ、できませんでした。

（當時連基本的五十音都不會。）

★ ♪175-04 あなたさえいれば、十分です。
用「さえ＋ば」表示限定
（只要有你就足夠了。）

😊 相關衍生字彙

♪175-05 ひらがな [hi-ra-ga-na]
　　名 平假名

♪175-06 カタカナ [ka-ta-ka-na]
　　名 片假名

♪175-07 トーイック [too-i-kku]
　　名 多益

♪175-08 トーフル [too-fu-ru]
　　名 托福

♪175-09 足ります [ta-ri-ma-su]
　　動 足夠

♪175-10 欠けます [ka-ke-ma-su]
　　動 不足

175

ユニット
054 副助詞でも、など

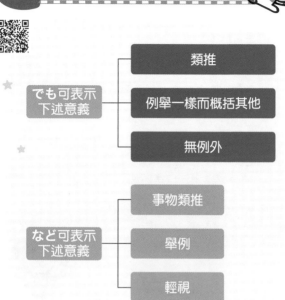

でも可表示
下述意義
- 類推
- 例舉一樣而概括其他
- 無例外

など可表示
下述意義
- 事物類推
- 舉例
- 輕視

用例句熟悉文法內容

♪176-01 こんな簡単な問題、小学生でも分かります。

強調不是小學生的其他人一定都懂

（這種簡單的考題連小學生都懂。）

176

★ ♪177-01 お茶でも飲みませんか？

（要不要喝杯茶什麼的？）

★ ♪177-02 あの人なら何でも知っています。

「疑問詞＋でも」表示無例外

（那個人什麼都知道。）

★ ♪177-03 カップラーメンやキャンドルなどを買って
きました。

（我買了泡麵、蠟燭之類的回來了。）

★ ♪177-04 これなど、いかがですか？

意義幾乎等於なんか

（這個您覺得如何？）

★ ♪177-05 こんな不味い料理など、食べたくありませ
ん。

（這麼難吃的菜，我才不想吃。）

🌟 相關衍生字彙

♪177-06 台風 [ta-i-fuu] 名 颱風

♪177-07 地震 [ji-shi-n] 名 地震

♪177-08 津波 [tsu-na-mi] 名 海嘯

♪177-09 洪水 [kou-zu-i] 名 洪水

♪177-10 懐中電灯
[ka-i-chuu-de-n-tou]
名 手電筒

♪177-11 非常袋 [hi-jou-bu-ku-ro]
名 緊急避難包

ユニット 055 副助詞だって、だけ

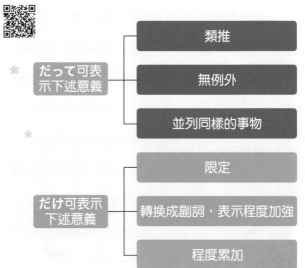

	類推
だって可表示下述意義	無例外
	並列同樣的事物

	限定
だけ可表示下述意義	轉換成副詞，表示程度加強
	程度累加

用例句熟悉文法內容

♪178-01 こんな簡単な問題、小学生だって分かります。

與でも同義，屬於口語用法

（這種簡單的考題連小學生都懂。）

♪178-02 あの人なら何だって知っています。

用「疑問詞＋だって」表示無例外。與でも同義，屬於口語用法

（那個人什麼都知道。）

♪179-01 鈴木さんは中国語だって、韓国語だって、できるんです。

幾乎和でも／も同義

（鈴木同學中文、韓文都會。）

♪179-02 私は日本語だけできます。

意義幾乎等於「しか＋否定」

（我只會日語。）

♪179-03 できるだけ薄く切ってください。

搭配成「できるだけ」、「ほしいだけ」、「これだけ」、「能力動詞＋だけ」時轉換成副詞，表示程度加強

（請盡可能切薄點。）

♪179-04 どうぞほしいだけ持って行ってください。

搭配「ほしいだけ」轉換成副詞，表示程度加強

（想拿多少請盡量拿。）

♪179-05 動物は世話をすればするだけ懐いてきます。

搭配「～ば～だけ」「～たら～だけ」表示程度累加，意義幾乎等於「～ば～ほど」

（動物愈照顧牠就愈不怕人。）

✦ 相關衍生字彙

♪179-06 老人ホーム
[rou-ji-n-hoo-mu] 名 安養院

♪179-07 介護 [ka-i-go] 名 看護

♪179-08 介護士 [ka-i-go-shi] 名 看護

♪179-09 ペット [pe-tto] 名 寵物

♪179-10 病院 [byou-i-n] 名 醫院

♪179-11 ナース [naa-su]
名 護理師

ユニット 056 副助詞まで、やら

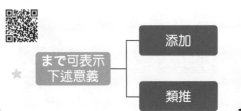

まで可表示
下述意義

- 添加
- 類推

やら可表示
下述意義

- 不確定的事物
- 列舉多項事物中的某幾項
- 難以區別的兩事物

用例句熟悉文法內容

♪180-01 風雨が強いなと思ったら、今度は地震まで

通常用於不好的事接二連三

起きました。

（才想說風雨好強，這次連地震都來湊熱鬧。）

180

★ ♪181-01 **家族にまで、裏切られました。**

まで這個助詞可以直接取代は、が、を這三
個助詞，但遇到不能取代的助詞則置於其後

（連家人都背叛我。）

★ ♪181-02 **チャイムが鳴りました。誰やら来**

搭配疑問詞表示不確定的事物

たようです。

（門鈴響了。好像是誰來了吧？）

★ ♪181-03 **夏目漱石やら森鷗外やら、大文豪の作品が**
揃っています。

（有夏目漱石啦森鷗外啦等大文豪的作品，都很齊全。）

★ ♪181-04 **女装している人が多いですよね。男やら女**
やら区別がつきません。

（男扮女裝的人還真多耶。老搞不清楚到底是男生還是女
生。）

📖 相關衍生字彙

♪181-05 **弱い** [yo-wa-i] 形 弱的

♪181-06 **風** [ka-ze] 名 風

♪181-07 **雨** [a-me] 名 雨

♪181-08 **雲** [ku-mo] 名 雲

♪181-09 **ロリータ** [ro-rii-ta]
名 蘿莉塔（一種穿衣
風格）

♪181-10 **コスプレ** [ko-su-pu-re]
名 角色扮演

ユニット 057 副助詞なり

```
なり可表示
下述意義
├── 無例外
├── 前後動作連接性高
├── 某動作没下文
└── 二選一
```

二日も連続して残業していたから、家
に帰ってくる<u>なり</u>横になりました。

這時和と同義
（連續加兩天班，一回到家立刻躺平。）

182

日語句子中的助詞

用例句熟悉文法內容

★ ♪183-01 **あの人なら何なり知っています。**

用「疑問詞＋なり」表示無例外。與でも同義，也可以説成なりと，なりとも

（那個人什麼都知道。）

★ ♪183-02 **新ちゃんは朝っぱら遊びに行ったなり、**

用「Ｖた＋なり」表示某動作沒下文，和きり同義

まだ帰ってきません。

（小新一大早就跑去玩，還沒回來。）

★ ♪183-03 **夏休みになったら、日本へなり、韓国へ**
なり遊びに行きたいです。

和か同義；なり這個助詞可以直接取代は、が、を這三個助詞，但遇到不能取代的助詞則置於其後

（等到放暑假，我想去日本或韓國玩。）

相關衍生字彙

♪183-04 **遊園地** [yuu-e-n-chi]
名 遊樂園

♪183-05 **公園** [kou-e-n] 名 公園

♪183-06 **冬休み** [fu-yu-ya-su-mi]
名 寒假

♪183-07 **ゴールデンウイーク** [goo-ru-de-n-u-ii-ku]
名 黃金週

ユニット
058 副助詞しか、ずつ

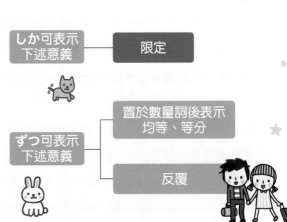

しか可表示
下述意義 ── 限定

ずつ可表示
下述意義
- 置於數量詞後表示均等、等分
- 反覆

用例句熟悉文法內容

★ ♪184-01 私は日本語しかできません。
（我只會日語。）【也可以說成「私は日本語だけできます」，但語感更強】

★ ♪184-02 コアラはユーカリの葉っぱしか食べません。
「しか+否定」表示限定
（無尾熊只吃尤加利樹葉。）

184

★ ♪185-01 私は清酒しか飲みません。
　　　　　　　　　　「しか＋否定」表示限定
（我只喝清酒。）

★ ♪185-02 私は虫歯が一本しかありません。
（我只有一顆蛀牙。）

★ ♪185-03 プリントは一人２枚ずつ配ってください。
（講義一個人各分兩張。）

★ ♪185-04 毎朝、この錠剤を三粒ずつ服用してください。
（請每天早上服用三粒這種藥丸。）

★ ♪185-05 毎日少しずつ練習していけば、きっと上手
になりますよ。
（只要每天一點一點地練習下去，一定會進步的！）

🌟 相關衍生字彙

♪185-06 カンガルー [ka-n-ga-ruu]
　　名 袋鼠

♪185-07 オーストラリア
[oo-su-to-ra-ri-a] 名 澳洲

♪185-08 歯石 [shi-se-ki] 名 牙結石

♪185-09 歯周病 [shi-syuu-byuu]
　　名 牙周病

♪185-10 親知らず
[o-ya-shi-ra-zu] 名 智齒

♪185-11 八重歯 [ya-e-ba]
　　名 虎牙

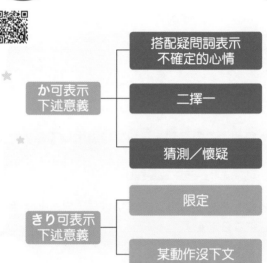

か可表示
下述意義
- 搭配疑問詞表示不確定的心情
- 二擇一
- 猜測／懷疑

きり可表示
下述意義
- 限定
- 某動作沒下文

用例句熟悉文法內容

★ ♪186-01 何か質問はありませんか？

（有沒有問題呢？）

★ ♪186-02 オムライスか牛丼を食べませんか？

（要不要吃蛋包飯或牛肉蓋飯？）

186

★ ♪187-01 気のせいか、後ろに誰かが立って
いるような気がします。

（是我神經過敏嗎？總覺得背後有人。）

★ ♪187-02 教室には椅子が一つあるきりで、他には何
＝「だけ」、「しか＋否定」

もありません。

（教室裡就只剩一張椅子，其他什麼都沒有。）

★ ♪187-03 新ちゃんなら、朝早く出かけたきり、まだ
「Ｖた＋きり」表示某動作沒下文

帰ってきません。

（小新他一早就出去了，到現在都還沒回來。）

🌟 相關衍生字彙

♪187-04 机 [tsu-ku-e] 名 桌子

♪187-05 テーブル [tee-bu-ru]
名 桌子

♪187-06 他人丼 [ta-ni-n-do-n]
名 牛肉或豬肉滑蛋蓋飯

♪187-07 黒板 [ko-ku-ba-n] 名 黑板

♪187-08 親子丼 [o-ya-ko-do-n]
名 雞肉蓋飯

060 副助詞ばかり、ほど

ばかり可表示下述意義	大概的數量或時間
	限定
	動作剛結束

ほど可表示下述意義	大概的數量或時間
	程度
	比較
	程度累加

用例句熟悉文法內容

- ♪188-01 5分ばかり待ってください。（等我五分鐘。）

- ♪188-02 勉強もしないでオンラインゲームばかりやっています。

  （書都不念，只顧著打線上遊戲。）

★ ♪189-01 聞いたばかりなのに、また忘れま
「Vた＋ばかり」表示動作剛結束

した。

（才剛聽過就又忘了。）

★ ♪189-02 プールに飛び込みたいほど暑かったです。

（當時熱到讓人想跳進泳池裡。）

★ ♪189-03 あの人ほど欲深い人はいません。

（沒有人比那個人更貪婪。）

★ ♪189-04 りんごを五つほど買いました。

（買了大概五顆蘋果。）

★ ♪189-05 日本語は勉強すればするほど易しくなりま
搭配「〜ば〜ほど」表示程度累加

すよ。

（日語會愈學愈簡單哦！）

🌟 相關衍生字彙

♪189-06 欲望 [yo-ku-bou] 名 慾望

♪189-07 希望 [ki-bou] 名 希望

♪189-08 欲張り [yo-ku-ba-ri]
名 貪心

♪189-09 願望 [ga-n-bou] 名 願望

061 副助詞ぐらい

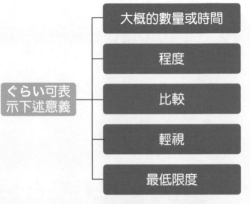

ぐらい可表示下述意義
- 大概的數量或時間
- 程度
- 比較
- 輕視
- 最低限度

彼は十二時ぐらいに健一の家に来ました。

（他大概十二點多的時候來到健一的家。）

用例句熟悉文法內容

★ ♪191-01 (クリーニングで) あと一日ぐらいでできます。
（（在乾洗店）大概再一天就能洗好。）

★ ♪191-02 穴があれば入りたいぐらい恥ずかしかったです。
（當時丟臉到有洞的話真想鑽進去。）

★ ♪191-03 鈴木さんは身長が田中さんと同じぐらいですか？
（鈴木同學身高和田中同學差不多嗎？）

★ ♪191-04 料理が下手ですが、カレーぐらいなら作れます。
（我廚藝是不佳，但咖哩那種菜我還會做。）

★ ♪191-05 勉強ぐらいしなさい。（給我起碼念一下書。）

🌟 相關衍生字彙

♪191-06 体重 [ta-i-jyou] 名 體重
♪191-07 体力 [ta-i-ryo-ku] 名 體力
♪191-08 視力 [shi-ryo-ku] 名 視力

♪191-09 味噌汁 [mi-so-shi-ru]
名 味噌湯

♪191-10 ハンバーグ [ha-n-baa-gu]
名 漢堡肉排

♪191-11 玉子焼き [ta-ma-go-ya-ki]
名 日式雞蛋捲

 週末的休閒娛樂

♪192-01 映画を見ます
[ei-ga-wo-mi-ma-su]
動 看電影

♪192-02 遊園地に行きます
[yuu-e-n-chi-ni-i-ki-ma-su]
動 去遊樂園

♪192-03 カラオケに行きます
[ka-ra-o-ke-ni-i-ki-ma-su]
動 去唱卡拉 OK

♪192-04 音楽を聴きます
[o-n-ga-ku-wo-ki-ki-ma-su]
動 聽音樂

♪192-05 買い物します
[ka-i-mo-no-shi-ma-su]
動 買東西

♪192-06 運動します
[u-n-dou-shi-ma-su]
動 運動

♪192-07 散歩します
[sa-n-po-shi-ma-su]
動 散步

♪192-08 本を読みます
[ho-n-wo-yo-mi-ma-su]
動 看書

♪192-09 旅行します
[ryo-kou-shi-ma-su]
動 旅行

♪192-10 ゲームをします
[gee-mu-wo-shi-ma-su]
動 玩遊戲

♪192-11 家でゴロゴロします
[i-e-de-go-ro-go-ro-shi-ma-su]
動 在家閒晃

不可不知的關鍵句型

パート
4

日語句子中的助詞

♪193-01 ～てどのぐらいですか？

～多久了？

★ ♪193-02 日本語を勉強してどのぐらいですか？

（日語學多久了？）

★ ♪193-03 結婚してどのぐらいですか？

（結婚多久了？）

★ ♪193-04 入社してどのぐらいですか？

（進公司多久了？）

★ ♪193-05 日本に来てどのぐらいですか？

（來日本多久了？）

★ ♪193-06 彼女と知り合ってどのぐらいですか？

（跟她認識多久了？）

193

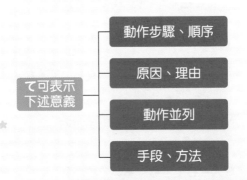

動作步驟、順序

原因、理由

て可表示
下述意義

動作並列

手段、方法

バスに乗って学校へ行きます。

表示手段、方法

（我搭公車去上學）

194

用例句熟悉文法內容

★ ♪195-01 ジョギングして、シャワーを浴びて、会社
へ行きます。

（慢跑、洗澡然後去上班。）

★ ♪195-02 学校を卒業して、働いて、結婚します。

（從學校畢業之後工作，然後結婚。）

★ ♪195-03 すみません、何もできなくて…。

（對不起，我什麼忙都幫不上……。）

★ ♪195-04 勉強もできて、スポーツも万能です。

（念書、運動樣樣行。）

★ ♪195-05 Eメールを送って知らせます。

（發電子郵件通知。）

🌟 相關衍生字彙

♪195-06 メトロ [me-to-ro] 名 地鐵

♪195-07 新幹線 [shi-n-ka-n-se-n]
名 新幹線

♪195-08 飛行機 [hi-kou-ki] 名 飛機

♪195-09 船 [fu-ne] 名 船

♪195-10 車 [ku-ru-ma] 名 汽車

♪195-11 自転車 [ji-te-n-sya]
名 腳踏車

- ても可表示
  下述意義
  - 假設條件的逆態接續
  - 確定條件的逆態接續
  - 手段方法並列

- ては可表示
  下述意義
  - 已知或既定事實的評價
  - 搭配「～てはいけません」
    表示禁止

動物を虐待してはなりません。
（不可以虐待動物。）

196

用例句熟悉文法內容

★ ♪197-01 雨が降っても、遠足に行きます。

（就算下雨也還是要去遠足。）

★ ♪197-02 僕じゃないと言っても、誰も信じてくれませんでした。

（當時說不是我，也沒人相信。）

★ ♪197-03 JR 線で行っても、メトロで行っても、かかる時間はだいたい同じです。

（搭 JR 線去也好，搭地鐵也罷，所花時間都差不多。）

★ ♪197-04 徹夜ばかりしていては、体を壊しますよ。

後句通常搭配負面評價

（一直熬夜會搞壞身體哦。）

★ ♪197-05 学校でタバコを吸ってはいけません。

表示禁止

（在學校禁止吸菸。）

🟊 相關衍生字彙

♪197-06 酒 [sa-ke] 名 酒

♪197-07 ワイン [wa-i-n] 名 紅酒

♪197-08 日本酒 [ni-ho-n-syu] 名 清酒

♪197-09 コーラ [koo-ra] 名 可樂

064 接續助詞ながら、たり

```
ながら可表   ┌─── 動作並列
示下述意義   └─── 逆態接續

たり可表示   ┌─── 動作例舉
下述意義     └─── 動作片斷
```

コーヒーを飲みながら、おしゃ
べりします。
（邊喝咖啡邊聊天。）

用例句熟悉文法內容

★ ♪199-01 お酒を飲みながら運転してはいけません。
（不可以邊喝酒邊開車。）

★ ♪199-02 体が小さいながら（も）、けっこう力があ
搭配「～（も）」表示逆態接續

ります。
（儘管身體小小的，卻很有力氣。）

★ ♪199-03 休みの日、家でテレビを見たり、コーヒー
を飲んだりして過ごします。
（放假時就在家看看電視、喝喝咖啡來度過。）

★ ♪199-04 忙しく行ったり来たりします。
（忙碌地來來去去。）

✿ 相關衍生字彙

♪199-05 小柄 [ko-ga-ra] 名 小個子

♪199-06 大柄 [oo-ga-ra] 名 大個子

♪199-07 小娘 [ko-mu-su-me] 名 小姑娘

♪199-08 餓鬼 [ga-ki] 名 免崽子

♪199-09 ちんぴら [chi-n-pi-ra]
名 小流氓、小跟班

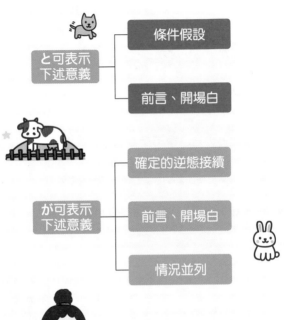

と可表示
下述意義

條件假設

前言、開場白

が可表示
下述意義

確定的逆態接續

前言、開場白

情況並列

日本語は難しいですが、
面白いです。
（日語雖難，但很有趣。）

200

用例句熟悉文法內容

★ ♪201-01 春になると、花が咲きます。
通常用於定理、定律、規定、自然現象等情況
（春天一到，花就盛開。）

★ ♪201-02 父は毎朝起きると、新聞を読みます。
（爸爸每天早上一起床就看報紙。）

★ ♪201-03 実を言うと、刺身が食べられないんです。
（說實在的，我不敢吃生魚片。）

★ ♪201-04 行ってみましたが、大した物じゃなかった
です。
（去看過了，也不是什麼大不了的東西。）

★ ♪201-05 親子丼もおいしいですが、他人丼もおいし
いです。
（雞肉蓋飯很好吃，豬肉滑蛋蓋飯也很美味。）

🌠 相關衍生字彙

♪201-06 パスタ [pa-su-ta]
　　　 名 義大利麵

♪201-07 うどん [u-do-n] 名 烏龍麵

♪201-08 そば [so-ba] 名 蕎麥麵

♪201-09 ラーメン [raa-me-n]
　　　 名 拉麵

接續助詞けれども、し

けれども可表
示下述意義
- 確定條件的逆態接續
- 事物並列
- 前言、開場白

し可表示
下述意義
- 情況並列
- 原因並列
- 嚴重提醒

用例句熟悉文法內容

★ ♪202-01 日本語は難しいけれども、勉強を続けます。

（日語雖然難，但會繼續學。）

★ ♪202-02 お金も大切だけれども、健康も大切です。

（錢很重要，健康也很重要。）

♪203-01 東京駅に行きたいんですけれど
も、行き方を教えていただけませ
んか？

（我想去東京車站，能不能麻煩您教我怎麼走？）

♪203-02 日本語もできるし、中国語もできます。

（既會日語，也會中文。）

♪203-03 このジャケットは値段も安いし、色もきれ
いだし、デザインもいいから、買いました。

（這件外套價格便宜，顏色也美，設計又好，所以就買
了。）

♪203-04 もう泣かないでよ。子どもじゃあるまいし。

搭配「〜じゃあるまいし」表示嚴重提醒

（別再哭了，又不是小孩子。）

相關衍生字彙

♪203-05 スカート [su-kaa-to]
名 裙子

♪203-06 ドレス [do-re-su] 名 洋裝

♪203-07 ワンピース
[wa-n-pii-su] 名 連身裙

♪203-08 ジーンズ [jii-n-zu]
名 牛仔褲

203

から可表示 下述意義	主觀原因、理由的順態接續

ので可表示 下述意義	客觀原因、理由的順態接續

のに可表示 下述意義	確定條件的逆態接續

ちゃんと勉強したのに、0点でした。
（明明很用功，卻考了零分。）

用例句熟悉文法內容

★ ♪205-01 これだけじゃ分かりませんから、もう

適合用於判別、要求、命令等語氣
ちょっと詳しく説明してください。
（光只是這樣很難搞清楚，請再說明仔細一點。）

★ ♪205-02 すぐ見ますから、そこに置いといてください。（我馬上就要看，先擺在那兒吧！）

★ ♪205-03 バスに間に合わなかったので、遅刻しました。

適合用於請求、委託、謝絕等語氣
（沒趕上公車，所以遲到了。）

★ ♪205-04 詳しい場所をメールにお書きしましたので、

適合用於請求、委託、謝絕等語氣
ご覧ください。
（詳細的地點已寫於郵件裡，煩請看一下。）

★ ♪205-05 こんなに寒いのに、元気いっぱいです。
（明明這麼冷卻精神抖擻。）

🌟 相關衍生字彙

♪205-06 欠席 [ke-sse-ki] 🔳 缺席

♪205-07 休暇 [kyuu-ka] 🔳 休假

♪205-08 カレンダー [ka-re-n-daa]
🔳 行事曆

♪205-09 祝日 [syu-ku-ji-tsu]
🔳 國定假日

♪205-10 振替休日
[fu-ri-ka-e-kyuu-ji-tsu]
🔳 補假

068 接續助詞ば

```
                    ┌─ 條件假設
                    │
                    ├─ 確定假設
                    │
ば可表示    ───┼─ 定律、諺語
下述意義            │
                    ├─ 並列
                    │
                    └─ 詢問方法手段
```

お金があれば、食べたいです。
表示條件假設
（有錢的話就想吃。）

用例句熟悉文法內容

★ ♪207-01 期末試験が終われば、冬休みです。

（期末考後就是寒假。）

★ ♪207-02 冬になれば、梅が咲きます。

（冬天一到，梅花就開。）

★ ♪207-03 朱に交われば赤くなる。

（近朱者赤。）

★ ♪207-04 あの店は和食もあれば、洋食もあります。

（那家店既有和食也有西餐。）

★ ♪207-05 小切手を失くしたんですが、どうすれば<u>い</u>
いいですか？

搭配「～ばいいですか？」表示詢問方法手段

（我弄丟了支票了，怎麼辦才好？）

🌟 相關衍生字彙

♪207-06 お釣り [o-tsu-ri] 名 找錢

♪207-07 お返し [o-ka-e-shi] 名 找錢

♪207-08 お小遣い [o-ko-zu-ka-i]
名 零用錢

♪207-09 細かいお金
[ko-ma-ka-i-o-ka-ne] 名 零錢

♪207-10 小銭 [ko-ze-ni] 名 零錢

♪207-11 小判 [ko-ba-n]
名 江戸時代的一兩金幣

 居酒屋的菜單

♪208-01 **玉子焼き**
[ta-ma-go-ya-ki]
名 日式煎蛋

♪208-02 **やきとり** [ya-ki-to-ri]
名 串燒

♪208-03 **とりもも** [to-ri-mo-mo]
名 雞腿

♪208-04 **はつ** [ha-tsu] 名 雞心

♪208-05 **手羽先** [te-ba-sa-ki]
名 雞翅膀

♪208-06 **むね** [mu-ne] 名 雞胸

♪208-07 **豚バラ** [bu-ta-ba-ra]
名 豬五花

♪208-08 **カルビ** [ka-ru-bi] 名 牛五花

♪208-09 **エリンギ** [e-ri-n-gi]
名 杏鮑菇

♪208-10 **しいたけ** [shii-ta-ke]
名 香菇

♪208-11 **うずら** [u-zu-ra] 名 鳥蛋

♪208-12 **オクラ** [o-ku-ra] 名 秋葵

♪208-13 **枝豆** [e-da-ma-me] 名 毛豆

♪208-14 **唐揚げ** [ka-ra-a-ge]
名 日式炸雞

♪208-15 **おでん** [o-de-n] 名 關東煮

♪208-16 **お茶漬け** [o-cha-zu-ke]
名 茶泡飯

邊吃串燒邊喝杯飲料

♪208-12 **カルピス** [ka-ru-pi-su]
名 可爾必思

♪208-13 **ウイスキー** [u-i-su-kii]
名 威士忌

♪208-14 **ソーダ** [soo-da] 名 蘇打水

♪208-15 **サワー** [sa-waa] 名 沙瓦

♪208-16 **コーラ** [koo-ra] 名 可樂

甜點也是不可少

♪208-17 **杏仁豆腐** [a-n-ni-n-dou-fu]
名 杏仁豆腐

♪208-18 **プリン** [pu-ri-n] 名 布丁

♪208-19 **チーズケーキ**
[chii-zu-kee-ki] 名 起司蛋糕

♪208-20 **バニラアイス**
[ba-ni-ra-a-i-su] 名 香草冰淇淋

♪209-01 私は〜ができます。

我會〜

★ ♪209-02 私は日本語ができます。
（我會日語。）

★ ♪209-03 私は運転ができます。
（我會開車。）

★ ♪209-04 私は料理ができます。
（我會作菜。）

★ ♪209-05 私は日本語を話すことができます。
（我會說日語。）

★ ♪209-06 私は中華料理を作ることができます。
（我會作中國菜。）

ユニット
069 終助詞か

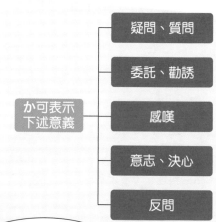

かを表示
下述意義
- 疑問、質問
- 委託、勧誘
- 感嘆
- 意志、決心
- 反問

お願いできませんか。
（能麻煩您嗎？）

用例句熟悉文法內容

★ ♪211-01 **分かりませんか？**
（不懂嗎？）

★ ♪211-02 **また。お前か。**
（又是你啊？）

★ ♪211-03 **そろそろ、行こうか。**
（差不多該走囉！）

★ ♪211-04 **ほら、だめじゃないか。**
搭配「否定＋か」表示強烈提醒
（喂，你在幹嘛？）

★ ♪211-05 **負けるもんか。**
（怎麼能輸？）

⭐ 相關衍生字彙

♪211-06 **一人旅** [hi-to-ri-ta-bi]
名 自助旅行

♪211-07 **個人旅行** [ko-ji-n-ryo-kou]
名 一個人旅行

♪211-08 **団体旅行** [da-n-ta-i-ryo-kou]
名 跟團

♪211-09 **ツアー旅行**
[tsu-aa-ryo-kou] 名 跟團

♪211-10 **散策** [sa-n-sa-ku] 名 逛街

♪211-11 **ぶらぶら** [bu-ra-bu-ra]
動 閒晃

070 終助詞ね

```
                    ┌─ 感動
                    │
                    ├─ 欣然同意
                    │
ね可表示            ├─ 徵求同意
下述意義            │
                    ├─ 確認
                    │
                    └─ 主張
```

会議(かいぎ)は 1 時(じ)からですね。
表示確認

（一點開始開會，對吧？）

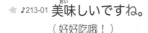

用例句熟悉文法內容

パート 4

日語句子中的助詞

★ ♪213-01 美味しいですね。

（好好吃哦！）

★ ♪213-02 いいですね。

（當然好啊！）

★ ♪213-03 これでいいですね？

（這樣就可以了對吧？）

★ ♪213-04 それはよくないね。

（那可不行哦！）

😊 相關衍生字彙

♪213-05 集合 [syuu-gou] 名 動 集合

♪213-06 集まり [a-tsu-ma-ri]
名 集會、集團

♪213-07 集い [tsu-do-i] 名 集會

♪213-08 お楽しみ会
[o-ta-no-shi-mi-ka-i]
名 同樂會

♪213-09 忘年会 [bou-ne-n-ka-i]
名 尾牙

♪213-10 同窓会 [dou-sou-ka-i]
名 同學會

ユニット 071 終助詞な

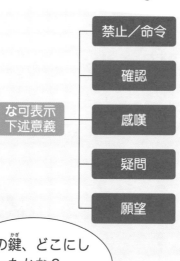

```
                    ┌─ 禁止／命令
                    │
                    ├─ 確認
                    │
な可表示     ──────┼─ 感嘆
下述意義            │
                    ├─ 疑問
                    │
                    └─ 願望
```

車の鍵、どこにし
まったかな？
表示疑問
（車鑰匙我收哪去了？）

用例句熟悉文法內容

★ ♪215-01 勝手(かって)に触(さわ)るな。

（不准隨便亂踩！）

★ ♪215-02 これで、間違(まちが)いないな？

（這樣就沒錯了吧？）

★ ♪215-03 空気(くうき)がきれいだな。

（空氣真清新啊！）

★ ♪215-04 早(はや)く日曜日(にちようび)にならないかなあ。

加強感嘆或願望口氣時也可用なあ表達

（真希望週日快點來。）

相關衍生字彙

♪215-05 月曜日(げつようび) [ge-tsu-you-bi]
　名 週一

♪215-06 火曜日(かようび) [ka-you-bi] 名 週二

♪215-07 水曜日(すいようび) [su-i-you-bi] 名 週三

♪215-08 木曜日(もくようび) [mo-ku-you-bi]
　名 週四

♪215-09 金曜日(きんようび) [ki-n-you-bi]
　名 週五

♪215-10 土曜日(どようび) [do-you-bi]
　名 週六

提醒對方注意

疑問、質問、不滿

よ可表示
下述意義

教導

命令

しゅうごう じ かん わす
集合時間、忘れないでよ。
（可別忘了集合時間哦！）

用例句熟悉文法內容

★ ♪217-01 これは美味しいですよ！今度あなたも頼んでみて。

（這很好吃哦！下次你也要點點看。）

★ ♪217-02 誰がしゃべったんだよ。

（是誰講的啊？）

★ ♪217-03 雨ですよ。私がやりますよ。

強調判斷、主張、感情

（下雨囉！我來弄啦！）

★ ♪217-04 しっかりやれよ！

（別偷懶哦！）

相關衍生字彙

♪217-05 話します [ha-na-shi-ma-su]
動 說（語言）、聊天

♪217-06 言います [ii-ma-su]
動 說（想法）

♪217-07 語ります [ka-ta-ri-ma-su]
動 說（故事）

♪217-08 口を利きます
[ku-chi-wo-ki-ki-ma-su]
動 說話

♪217-09 説明します
[se-tsu-mei-shi-ma-su]
動 說明

♪217-10 説得します
[se-tto-ki-shi-ma-su] 動 說服

```
                    帶有關心的疑問

の可表示       搭配「～ね」表示加強確認
下述意義
                    口氣較輕的命令


とも可表示
下述意義       理所當然、無庸置疑


ぞ可表示
下述意義       意志
```

行くとも。誘ってく
れてありがとう。
（我當然要去。謝謝你邀我。）

用例句熟悉文法內容

★ ♪219-01 こんな時間、どこ行くの？

（這個時間是要去哪兒啊？）

★ ♪219-02 先生も一緒にいらっしゃるのね？

（老師也會一起去對吧？）

★ ♪219-03 子どものくせに、変なこと言わないの！

（你這個孩子，別講一些瘋言瘋語。）

★ ♪219-04 そのくらいできるとも。

（那我當然會。）

★ ♪219-05 よし、頑張るぞ。

　　　　　　　　　表示自言自語時，男女通用

（好，我要加油！）

🌟 相關衍生字彙

♪219-06 大人 [o-to-na] 名 成人

♪219-07 成人 [sei-ji-n] 名 成人

♪219-08 赤ちゃん [a-ka-cha-n]
　　　　 名 嬰兒

♪219-09 一生懸命 [i-ssyou-ke-n-mei]
　　　　 名 拼命去做

♪219-10 もちろん [mo-chi-ro-n]
　　　　 副 當然

遊樂設施

♪220-01 滑り台
[su-be-ri-da-i] 名 溜滑梯

♪220-02 砂場 [su-na-ba]
名 沙坑

♪220-03 ブランコ [bu-ra-n-ko]
名 鞦韆

♪220-04 鉄棒 [te-tsu-bou]
名 單槓

♪220-05 シーソー [shii-soo]
名 蹺蹺板

♪220-06 観覧車 [ka-n-ra-n-sya]
名 摩天輪

♪220-07 ジェットコース
ター [je-tto-koo-su-taa]
名 雲霄飛車

♪220-08 お化け屋敷
[o-ba-ke-ya-shi-ki] 名 鬼屋

⭐ 童年遊戲

♪220-09 かくれんぼ [ka-ke-re-n-bo]
名 躲貓貓

♪220-10 鬼ごっこ [o-ni-go-kko]
名 鬼抓人

♪220-11 だるまさんが転んだ
[da-ru-ma-sa-n-ga-ko-ro-n-da]
名 123 木頭人

♪220-12 あっち向いてほいっ
[a-chi-mu-i-te-ho-i]
名 男生女生配

♪220-13 剣玉 [ke-n-da-ma] 名 劍玉

♪220-14 ままごと [ma-ma-go-to]
名 扮家家酒

♪220-15 じゃんけん [ja-n-ke-n]
名 猜拳

 不可不知的關鍵句型

パート
4

日語句子中的助詞

♪221-01 この～は～へ行きますか？

這班～會到～嗎？

★ ♪221-02 このバスは駅へ行きますか？
（這班巴士會到車站嗎？）

★ ♪221-03 このバスは空港へ行きますか？
（這班巴士會到機場嗎？）

★ ♪221-04 この電車はディズニーランドへ行きますか？
（這班電車會到迪士尼樂園嗎？）

★ ♪221-05 このバスは金閣寺へ行きますか？
（這班巴士會到金閣寺嗎？）

★ ♪221-06 この電車は有楽町へ行きますか？
（這班電車會到有樂町嗎？）

ユニット 074　男生適用的終助詞

ぞ可表示
下述意義
- 意志
- 提醒、警告

さ可表示
下述意義
- 質問、強烈懷疑
- 提醒對方

ぜ可表示
下述意義
- 提醒對方注意
- 藐視對方

つまらんことは言わぬ
ほうがいいぜ。
（我勸你別再說些五四三的！）

222

用例句熟悉文法內容

☆ ♪223-01 絶対に勝って見せるぞ！（絕對要贏給你看！）
　　　　　　　　　　　　　　　　不可對長輩使用

☆ ♪223-02 ちゃんと左右を見て渡らないと危ないぞ。
　　　　　　　　　　　　　　　　　　　　　不可對長輩使用
　　（不好好看清左右來車過馬路可是很危險哦！）

☆ ♪223-03 どうして駄目なのさ？
　　　　　　　　　　　　搭配「～のさ」表示質問、強烈懷疑
　　（到底為什麼不可以啊？）

☆ ♪223-04 あのさ、問題は誰が行くってことだよ。
　　（這個，問題是誰要去啊？）

☆ ♪223-05 どんな花よりきれいだぜ。（比任何花都美哦！）

☆ ♪223-06 よろしく頼むぜ。（萬事拜託了）
　　　　　　　　　　　這種用法較有親近感

☆ ♪223-07 後悔するぜ。（你會後悔的！）

✪ 相關衍生字彙

♪223-08 男一匹 [o-to-ko-i-ppi-ki]
　　名 男子漢

♪223-09 色男 [i-ro-o-to-ko] 名 帥哥

♪223-10 二枚目 [ni-ma-i-me] 名 帥哥

♪223-11 イケメン [i-ke-me-n]
　　名 帥哥

♪223-12 格好いい [ka-kkou-ii]
　　形 帥氣的

♪223-13 ハンサムな
　　[ha-n-sa-mu-na]
　　形動 英俊的

075 女生適用的終助詞－1

わ可表示 下述意義	感動、新發現

かしら可表 示下述意義	疑問
	驚訝、感動
	婉轉要求

手伝ってくれないかしら。
搭配「ない＋かしら」表示婉轉要求
（能幫個忙嗎？）

用例句熟悉文法內容

★ ♪225-01 **この花、きれいだわ。何という名前かしら。**

如果語尾的語調往下降的話男性也能用。但形容動詞和名詞的「～
だわ」這種說法還是女性專用

（這種花，好美哦！叫什麼名字來著？）

★ ♪225-02 **これ、美しいわ。**（這個，好美哦！）

★ ♪225-03 **この子、大丈夫かしら。**

（這孩子沒問題吧？）

★ ♪225-04 **なんてきれいなお花かしら。**

搭配「なんて～かしら」表示驚訝、感動

（多麼漂亮的花啊？）

★ ♪225-05 **これ、どう？私に似合うかしら？**

（這個怎麼樣？還適合我嗎？）

相關衍生字彙

♪225-06 **美人** [bi-ji-n] 名 美女

♪225-07 **美女** [bi-jo] 名 美女

♪225-08 **干物女** [hi-mo-no-o-n-na]
名 魚干女

♪225-09 **腐女子** [fu-jo-shi]
名 喜歡男男戀的女性

♪225-10 **天女** [te-n-nyu]
名 仙女、美女

♪225-11 **女神** [me-ga-mi] 名 女神

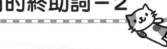

ユニット 076 女生適用的終助詞 - 2

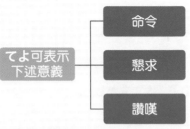

用例句熟悉文法內容

パート
4

日語句子中的助詞

☆ ♪227-01 お願い、あれ買ってよ。

　　　　　　　　　　　婦女、兒童常用

（拜託，買那個給我嘛！）

☆ ♪227-02 私にも言ってよ。

（也跟我說說嘛！）

☆ ♪227-03 だって、知らなかったんですもの。

　　　　多以「（だって）〜もの」「（でも）〜もの」的形態表示辯駁

（可是，人家不知道嘛！）

☆ ♪227-04 私の勝手だもん。

　　　　　　　　　もの可用もん替換，語氣更不鄭重

（你管得著嗎？）

✿ 相關衍生字彙

♪227-05 望み [no-zo-mi] 名 願望

♪227-06 希望 [ki-bou] 名 希望

♪227-07 願望 [ga-n-bou] 名 願望

♪227-08 頼み [ta-no-mi] 名 懇求

♪227-09 お祈り [o-i-no-ri] 名 祈禱

♪227-10 祈祷 [ki-tou] 名 祈禱

077 女生適用的終助詞－3

```
                    感動
              ┌──────────────────┐
              │ 尋問意見、徵求同意、勸誘 │
こと 可表示 ───┤
下述意義       │ 帶關心語氣的命令 │
              │                  │
              └──────────────────┘
                   婉轉禁止
```

こと 可表示
下述意義

- 感動
- 尋問意見、徵求同意、勸誘
- 帶關心語氣的命令
- 婉轉禁止

ことよ 可表
示下述意義 ── 輕微主張

ゆっくり寝ておくこと。

（要好好睡！）

パート 4

日語句子中的助詞

用例句熟悉文法內容

♪229-01 ☆ 庭の紫陽花がきれいに咲いたこと。

（院子的繡球花開得真美！）

♪229-02 ☆ ねえ、そろそろ行かないこと？

以「～ないこと」的形態表示尋問意向、徵求同意、勸誘，男女通用

（喂，是不是差不多該走了？）

♪229-03 ☆ 騒がないこと。

以「～ないこと」的形態表示婉轉禁止

（不准吵。）

♪229-04 ☆ それならいいことよ。

（那不是很好嗎？）

♪229-05 ☆ 早く行くことよ。

（要早點去哦！）

相關衍生字彙

♪229-06 煩い [u-ru-sa-i] 形 很煩人的

♪229-07 喧しい [ya-ka-ma-shii] 形 吵雜的

♪229-08 喧噪 [ke-n-sou] 名 喧鬧

♪229-09 煩わしい [wa-zu-ra-wa-shii] 形 厭煩的

♪229-10 面倒臭い [me-n-dou-ku-sa-i] 形 麻煩的

♪229-11 厄介 [ya-kka-i] 名 麻煩

229

たら可表示
下述意義
├─ 表示嫌棄、無可奈何
├─ 表示焦急的心情
└─ 表示糾正、叮嚀

ねえ、お兄ちゃんったら。
（好不好嘛～？哥哥！）

230

用例句熟悉文法內容

★ ♪231-01 **この子ったら、もう。**
多用「～ったら」形態表示嫌棄、無可奈何
（這個孩子，真是的！）

★ ♪231-02 **お母さんったら、早く！**（媽，妳也快點嘛！）
多用「～ったら」形態表示焦急的心情

★ ♪231-03 **これは僕の本だったら。**
多用「～ったら」形態表示糾正、叮嚀
（我就說這是我的書！）

★ ♪231-04 **お出かけになったら？**（您要不要出門？）
相當於～てはどうですか？的意思

★ ♪231-05 **ぐずぐずしないで、さっさっと食べたら。**
（別磨蹭了，快吃啦！）

相關衍生字彙

♪231-06 **助けます** [ta-su-ke-ma-su]
動 幫助

♪231-07 **助かります**
[ta-su-ka-ri-ma-su] 動 得救

♪231-08 **耳を貸します**
[mi-mi-wo-ka-shi-ma-su] 動 傾聽

♪231-09 **援助します**
[e-n-jo-shi-ma-su] 動 援助

♪231-10 **救助します**
[kyuu-jo-shi-ma-su] 動 救助

♪231-11 **支援します**
[shi-e-n-shi-ma-su] 動 支援

♪232-01 〜ておきます。

先〜

★ ♪232-02 買_かい物_{もの}しておきます。
（先買好東西。）

★ ♪232-03 単語_{たんご}を覚_{おぼ}えておきます。
（先背好單字。）

★ ♪232-04 掃除_{そうじ}しておきます。
（先打掃。）

★ ♪232-05 用意_{ようい}しておきます。
（先準備。）

★ ♪232-06 片付_{かたづ}けておきます。
（先收拾。）

♪233-01 〜てみます。

〜看看

★ ♪233-02 行ってみます。
（去看看。）

★ ♪233-03 食べてみます。
（吃看看。）

★ ♪233-04 飲んでみます。
（喝看看。）

★ ♪233-05 やってみます。
（玩看看。）

★ ♪233-06 作ってみます。
（做看看。）

233

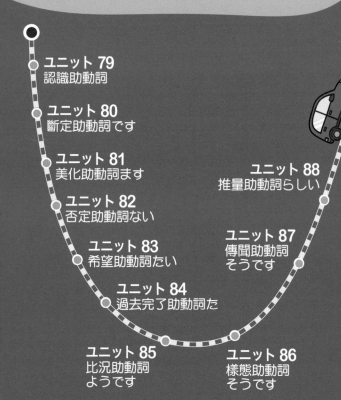

パート 5
協助動詞的助動詞

079 認識助動詞

_{たの}
楽しそうです。
（看起來很開心。）

文法解説

　　如ユニット 006 單元（**P.036**）所述，助動詞屬附屬語，單獨存在便不具任何意義，必須置於其他品詞下才能派上用場。

　　日文裡的助動詞數量不多，約有十九至二十個（因某些字身分尚有爭議），所以筆者強烈建議讀者在學習助動詞時不妨記熟它的名字，因為記住它的名字便等於記住它的意義，像樣態助動詞「そうです」就是幫助前面的字表達出某動作或情況的樣子及狀態，中文可以理解為「看起來～、快要～」。

　　另外，在學習助動詞時，除了要記好它可以或不可以放在名詞、形容詞、形容動詞、動詞等品詞後之外，還要記清楚怎麼放。

例如：

詞性	變化規則
名詞	無此用法
形容詞	い＋そうです
形容動詞	な＋そうです
動詞	ます＋そうです

用例句熟悉文法內容

★ ♪237-01 この天ぷら、美味しそうですね。
（這個炸蝦，看起來好好吃哦！）

★ ♪237-02 雨が降りそうですから、傘を持って行った
ほうがいいですよ。
（快下雨了，最好帶傘去哦！）

相關衍生字彙

♪237-03 ラーメン [raa-me-n]
名 拉麵

♪237-04 豚カツ [to-n-ka-tsu] 名 豬骨

♪237-05 塩味 [shi-o-a-ji] 名 鹽味

♪237-06 味噌 [mi-so] 名 味噌

♪237-07 わかめ [wa-ka-me]
名 裙帶菜

♪237-08 海苔 [no-ri] 名 海苔

彼（かれ）は親切（しんせつ）<u>でした</u>。
（他以前是親切的。）

彼（かれ）は親切（しんせつ）<u>です</u>。
（他是親切的。）

過去

現在

彼（かれ）は親切（しんせつ）<u>ではありま</u>
<u>せんでした</u>。
（他以前不親切。）

彼（かれ）は親切（しんせつ）<u>ではあ</u>
<u>りません</u>。
（他並不親切。）

文法解說

　　斷定助動詞「**です**」用於表示名詞及少數助詞的「**敬體斷定**
（**客氣鄭重的斷定**）」，中文可以理解或翻譯成「是～」。置於
名詞及形容動詞下可助其產生時態及肯否定變化。要特別提醒讀
者，斷定助動詞「**です**」置於形容詞後只是**增加其客氣鄭重語氣**，
並不能助其產生時態及肯否定的變化。例如：

	肯定	否定
常體	美味しい。	美味しくない。
敬體	美味しいです。	美味しくないです。 美味しくありません。

用例句熟悉文法內容

★ ♪239-01 私は先生です。（我是老師。）
現在／未來・肯定

★ ♪239-02 私は先生ではありません。（我不是老師。）
在／未來・否定

★ ♪239-03 私は先生でした。（我原本是老師。）
過去・肯定

★ ♪239-04 私は先生ではありませんでした。
過去・否定

（我原本不是老師。）

★ 相關衍生字彙

♪239-05 プチプチ [pu-chi-pu-chi]
副 一粒一粒地

♪239-08 ネバネバ [ne-ba-ne-ba]
副 黏黏地

♪239-06 カリカリ [ka-ri-ka-ri]
副 脆脆地

♪239-09 ドロドロ [do-ro-do-ro]
副 稠稠地

♪239-07 フワフワ [fu-wa-fu-wa]
副 軟軟地

♪239-10 モチモチ [mo-chi-mo-chi]
副 QQ地

餐桌上的餐具

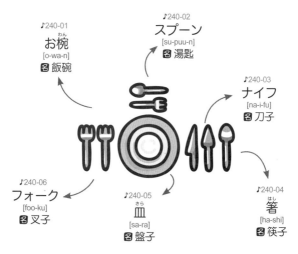

♪240-01
お椀
[o-wa-n]
名 飯碗

♪240-02
スプーン
[su-puu-n]
名 湯匙

♪240-03
ナイフ
[na-i-fu]
名 刀子

♪240-06
フォーク
[foo-ku]
名 叉子

♪240-05
皿
[sa-ra]
名 盤子

♪240-04
箸
[ha-shi]
名 筷子

🍴 食物的調味料

♪240-07 塩 [shi-o] 名 鹽巴

♪240-08 酢 [su] 名 醋

♪240-09 ケチャップ [ke-cha-ppu]
名 番茄醬

♪240-10 マヨネーズ [ma-yo-nee-zu]
名 美乃滋

♪240-11 わさび [wa-sa-bi] 名 山葵醬

♪240-12 さとう [sa-tou] 名 砂糖

🥤 杯子也有很多種

♪240-13 マグカップ
[ma-gu-ka-ppu] 名 馬克杯

♪240-14 コップ [ko-ppu] 名 杯子

♪240-15 グラス [gu-ra-su]
名 玻璃杯

♪240-16 おちょこ [o-cho-ko]
名 小酒杯

♪240-17 ジョッキ [jo-kki]
名 啤酒杯

 不可不知的關鍵句型

♪241-01 ～して美味しいです。

～的，好好吃。

★ ♪241-02 **プチプチして美味しいです。**
（一顆一顆的，好好吃。）

★ ♪241-03 **カリカリして美味しいです。**
（酥酥的，好好吃。）

★ ♪241-04 **フワフワして美味しいです。**
（軟軟的，好好吃。）

★ ♪241-05 **モチモチして美味しいです。**
（QQ的，好好吃。）

★ ♪241-06 **シャキシャキして美味しいです。**
（脆脆的，好好吃。）

ユニット
081 美化助動詞ます

ヘアサロンに行きます。
（去沙龍。）

文法解説

　　美化助動詞「ます」亦稱敬體助動詞，它置於動詞及其他少數助動詞下負責增加客氣鄭重語氣。例如：

常體句（動詞原形）	敬體句（動詞ます形）
手紙を書く（寫信）	手紙を書きます
ご飯を食べる（吃飯）	ご飯を食べます
日本語を勉強する（念日語）	日本語を勉強します
学校へ来る（來上學）	学校へ来ます

　　上述例句的常體句和敬體句意義均相同，只是敬體句較為客氣鄭重。

　　美化助動詞「ます」置於動詞下也可助其產生時態及肯定否定的變化，建議讀者把「～ます、～ません、～ました、～ませんでした」當成口訣練習，很快便能朗朗上口。

用例句熟悉文法內容

★ ♪243-01 私はディズニーランドへ行きます。
現在/未來・肯定

（我要去迪士尼樂園。）

★ ♪243-02 私はディズニーランドへ行きません。
現在/未來・否定

（我不要去迪士尼樂園。）

★ ♪243-03 私はディズニーランドへ行きました。
過去・肯定

（我去了迪士尼樂園。）

★ ♪243-04 私はディズニーランドへ行きませんでした。
過去・否定

（我沒去迪士尼樂園。）

🌟 相關衍生字彙

♪243-05 USJ [yuu-e-su-jee]
名 環球影城（大阪）

♪243-06 ハウステンボス
[ha-u-su-te-n-bo-su]
名 豪斯登堡（長崎）

♪243-07 横浜・八景島シーパ
ラダイス [yo-ko-ha-ma-ha-
kkei-ji-ma-shii-pa-ra-da-i-su]
名 横浜・八景島海洋樂園
（神奈川）

♪243-08 ひらかたパーク
[hi-ra-ka-ta-paa-ku]
名 枚方樂園（大阪）

♪243-09 横浜アンパンマン
こどもミュージア
ム [yo-ko-ha-ma-a-n-pa-n-ma-
n-ko-do-mo-myuu-ji-a-mu]
名 横浜麺包超人兒童博
物館（神奈川）

082 否定助動詞ない

起きなかった。
（沒起床。）

文法解說

　　否定助動詞「ない」置於動詞及其他少數助動詞下表示否定，其意義和讀者所熟悉的「～ません」相同，只是較不客氣鄭重；三大類動詞接續「ない」的方法請參考ユニット038（P.132）。本單元將重點放在它本身的變化及用法上。

　　否定助動詞「ない」本身還可以再產生下列變化並添加新的意義，如：

動詞ます形	＋ない	句尾變化
行きます （要去）	行かない （不去）	行かなかろう （不會去吧？）

動詞ます形	＋ない	句尾變化
起きます （要起床）	起きない （不起床）	起きなかった （沒起床）
できます （會）	できない （不會）	できなくて （因為不會／既不會）
食べられます （敢吃）	食べられない （不敢吃）	食べられない人 （不敢吃的人）
雨が降ります （會下雨）	雨が降らない （不下雨）	雨が降らなければ （不下雨的話）
飲みます （要喝）	飲まない （不喝）	飲まない？ （要不要喝？）

🌟 相關衍生字彙

♪245-01 不便な [fu-be-n-na]
形動 不便的

♪245-02 不憫な [fu-bi-n-na]
形動 可憐的

♪245-03 不思議な [fu-shi-ki-na]
形動 不可思議的

♪245-04 不純な [fu-ju-n-na]
形動 不單純的

♪245-05 不相応な [fu-sou-ou-na]
形動 不配的

♪245-06 不利な [fu-ri-na]
形動 不利的

♪246-01 この乗(の)り物(もの)は〜でも 乗(の)れますか。

這個設施即使〜也能搭嗎？

★ ♪246-02 この乗(の)り物(もの)は子(こ)どもでも乗(の)れますか。
（這個設施即使小孩子也能搭嗎？）

★ ♪246-03 この乗(の)り物(もの)は小学生(しょうがくせい)でも乗(の)れますか。
（這個設施即使小學生也能搭嗎？）

★ ♪246-04 この乗(の)り物(もの)は高齢者(こうれいしゃ)でも乗(の)れますか。
（這個設施即使老人也能搭嗎？）

★ ♪246-05 この乗(の)り物(もの)は 120 センチ未満(みまん)でも乗(の)れ ますか。
（這個設施即使不滿一百二十公分也能搭嗎？）

★ ♪246-06 この乗(の)り物(もの)は妊婦(にんぷ)でも乗(の)れますか。
（這個設施即使孕婦也能搭嗎？）

不可不知的關鍵句型

♪247-01 **〜ないように！**

可別〜哦！

★ ♪247-02 **遅れないように！**

（可別遲到哦！）

★ ♪247-03 **宿題を忘れないように！**

（可別忘了寫功課哦！）

★ ♪247-04 **風邪を引かないように！**

（可別感冒哦！）

★ ♪247-05 **考えすぎないように！**

（可別想太多哦！）

★ ♪247-06 **飲みすぎないように！**

（可別喝太多哦！）

NOTE

083 希望助動詞たい

私は服を買いたいです。
（我想買衣服。）

彼女は服を買いたがります。
（她想買衣服。）

文法解說

希望助動詞「たい」置於動詞及其他少數助動詞後表示加強說話者願望的語氣，中文可以理解及翻譯成「想～」，若想再加強客氣鄭重語感，可以表達成「たいです」。

提醒讀者，希望助動詞「たい」只適用第一、二人稱，第三人稱得換成「たがります」，但接續動詞的方式相同：去掉ます，接上～たい（です）。

動詞ます形	想…（第一、二人稱）	想…（第三人稱）
行きます （去）	行きたい（です） （想去）	行きたがります （想去）

動詞ます形	想…（第一、二人稱）	想…（第三人稱）
食べます （吃）	食べたい（です） （想吃）	食べたがります （想吃）
勉強します （念書）	勉強したい（です） （想念書）	勉強したがります （想念書）
来ます （來）	来たい（です） （想來）	来たがります （想來）

用例句熟悉文法內容

★ ♪249-01 私はちゃんこ鍋を食べたことがありません
から、食べたいです。

（我沒吃過相撲鍋，很想吃。）

★ ♪249-02 弟はちゃんこ鍋を食べたことがありません
から、食べたがります。

（我弟沒吃過相撲鍋，很想吃。）

相關衍生字彙

♪249-03 力士 [ri-ki-shi] 名 力士

♪249-04 お相撲さん [o-su-mou-sa-n]
名 相撲選手

♪249-05 土俵 [do-hyou]
名 相撲摔跤場

♪249-06 横綱 [yo-ko-zu-na]
名 一級力士

♪249-07 褌 [fu-n-do-shi] 名 丁字布

♪249-08 満員御礼 [ma-n-i-n-o-rei]
名 銘謝客滿

 吃大餐犒賞自己吧

♪250-01 鍋 [na-be] 名 火鍋
なべ

♪250-02 しゃぶしゃぶ
[sya-bu-sya-bu]
名 涮涮鍋

♪250-03 すき焼き [su-ki-ya-ki]
や
名 壽喜燒

♪250-04 ラーメン [raa-me-n]
名 拉麵

♪250-05 牛肉麺
ぎゅうにくめん
[gyuu-ni-ki-me-n]
名 牛肉麵

♪250-06 うどん [u-do-n]
名 烏龍麵

♪250-07 そば [so-ba] 名 蕎麥麵

♪250-08 パスタ [pa-su-ta]
名 義大利麵

♪250-09 ハンバーガー
[ha-n-baa-gaa] 名 漢堡

♪250-10 フライドチキン
[fu-ra-i-do-chi-ki-n] 名 炸雞

♪250-11 ステーキ [su-tee-ki]
名 牛排

♪250-12 中華料理
ちゅうかりょうり
[chuu-ka-ryou-ri]
名 中華料理

♪250-13 ピザ [pi-za] 名 披薩

♪250-14 パエリヤ [pa-e-ri-ya]
名 西班牙海鮮燉飯

🍴 吃大餐前的準備

♪250-15 予約します [yo-ya-ku-shi-
よ やく
ma-su] 動 訂位

♪250-16 キャンセルします
[kya-n-se-ru-shi-ma-su] 動 取消

♪250-17 メニュー [me-nyuu]
名 菜單

♪250-18 注文します
ちゅうもん
[chuu-mo-n-shi-ma-su] 動 點餐

不可不知的關鍵句型

パート
5

協助動詞的助動詞

♪251-01 何か～たい物はありませんか？

有沒有想～什麼東西？

★ ♪251-02 何か買いたい物はありませんか？

（有沒有想買什麼東西？）

★ ♪251-03 何か食べたい物はありませんか？

（有沒有想吃什麼東西？）

★ ♪251-04 何か飲みたい物はありませんか？

（有沒有想喝什麼東西？）

★ ♪251-05 何か見たい物はありませんか？

（有沒有想看什麼東西？）

★ ♪251-06 何か試着したい物はありませんか？

（有沒有想試穿什麼東西？）

酒を飲んだ。
（喝了酒。）

文法解說

過去完了助動詞「た」置於動詞及其他少數助動詞後加強動作過去或完了的語氣，中文可以理解及翻譯成「～過了、～完了」；三大類動詞各自的接續方法請參考ユニット 040 動詞的「た」形（**P.138**）。本單元將重點放在它本身的變化及用法上。

過去完了助動詞「た」本身還可以再產生下列變化並添加新的意義，如：

動詞ます形	+た	句尾變化
行きます （要去）	行った （去了）	行ったろう （去了吧？）

252

動詞ます形	+た	句尾變化
食べます （要吃）	食べた （吃了）	食べた人 （吃完的人）
雨が降ります （會下雨）	雨が降った （下過雨）	雨が降ったら （下雨的話）
飲みます （要喝）	飲んだ （喝了）	飲んだことがない （沒喝過）

用例句熟悉文法內容

★ ♪253-01 どこかで会ったことがあるようです。
（好像在哪見過面。）

★ ♪253-02 雨が降ったら、わたしは行かないよ。
（如果下雨的話我就不去喔。）

相關衍生字彙

♪253-03 清酒 [se-i-syu] 名 清酒

♪253-04 ワイン [wa-i-n] 名 紅酒

♪253-05 甘酒 [a-ma-za-ke] 名 甜酒

♪253-06 ビール [bii-ru] 名 啤酒

♪253-07 ウイスキー [u-i-su-kii]
名 威士忌

♪253-08 飲酒運転 [i-n-syu-u-n-te-n]
名 酒駕

 週末夜喝酒放鬆

♪254-01 飲み会 (の・かい) [no-mi-ka-i]
名 酒局

♪254-02 バー [baa] 名 酒吧

♪254-03 居酒屋 (い・ざか・や) [i-za-ka-ya]
名 居酒屋

♪254-04 招待 (しょうたい) [syou-ta-i]
名 應酬

♪254-05 酔います (よ) [yo-i-ma-su]
動 喝醉

♪254-06 二日酔い (ふつ・か・よ) [fu-tsu-ka-yo-i]
宿醉

♪254-07 乾杯します (かん・ぱい) [ka-n-ba-i-shi-ma-su]
動 乾杯

♪254-08 酒を勧めます (さけ・すす) [sa-ke-wo-su-su-me-ma-su]
動 敬酒

⭐ 在酒吧會看到

♪254-09 酔っ払い (よ・ばら) [yo -ppa-ra-i]
名 醉漢

♪254-10 バーテンダー [baa-te-n-daa] 名 酒保

♪254-11 カウンター席 (せき) [ka-u-n-taa-se-ki] 名 吧檯的座位

♪254-12 テーブル席 (せき) [tee-bu-ru-se-ki]
名 桌子的座位

♪254-13 個室 (こ・しつ) [ko-shi-tsu] 名 包廂

♪254-14 立ち飲み (た・の) [ta-chi-no-mi]
名 站著喝

不可不知的關鍵句型

♪255-01 **～た後で、～。**

～之後才～

★ ♪255-02 手を洗った後で、ご飯を食べます。
（洗完手之後才吃飯。）

★ ♪255-03 晩御飯を食べた後で、よく近くの公園
へ行きます。
（吃完晚飯之後常去附近的公園。）

★ ♪255-04 授業が終わった後で、先生に質問しま
す。
（下課之後才請教老師。）

★ ♪255-05 家へ帰った後で、シャワーを浴びま
す。
（到家之後才洗澡。）

★ ♪255-06 仕事が終わった後で、飲みに行きま
す。
（下班之後才去喝一杯。）

あの人は日本人のようです。

（那個人似乎是日本人。）

文法解説

　　比況助動詞「ようです」置於名詞、形容詞、形容動詞、動詞及其他少數助動詞下，其意義就是比喻某種情形狀況，中文可以理解及翻譯成「似乎～、好像～」。接續方法如下：

名詞＋の
形容詞い
形容動詞な
動詞原形／ない形／た形

＋ようです

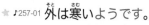

用例句熟悉文法內容

★ ♪257-01 外(そと)は寒(さむ)いようです。
（外頭好像很冷。）

★ ♪257-02 新(あたら)しい先生(せんせい)は親切(しんせつ)なようです。
（新老師好像很親切。）

★ ♪257-03 担任(たんにん)は行(い)くようです。
（導師似乎要去。）

★ ♪257-04 担任(たんにん)は行(い)かないようです。
（導師似乎不去。）

★ ♪257-05 担任(たんにん)は行(い)ったようです。
（導師似乎去了。）

⭐ 相關衍生字彙

♪257-06 校長先生(こうちょうせんせい) [kou-chou-se-n-sei]
名 校長

♪257-07 常勤(じょうきん) [jou-ki-n] 名 專任

♪257-08 非常勤(ひじょうきん) [hi-jou-ki-n] 名 兼任

♪257-09 教授(きょうじゅ) [kyou-ju] 名 教授

♪257-10 准教授(じゅんきょうじゅ) [ju-n-kyou-ju]
名 副教授

♪257-11 助教授(じょきょうじゅ) [jo-kyou-ju]
名 助理教授

ユニット 086 様態助動詞そうです

わ～、美味<ruby>美<rt>お</rt></ruby>しそうですね。

還沒有吃到就不能直接說美味<ruby>美<rt>お</rt></ruby>しい哦！

（哇～看起來好好吃哦！）

文法解說

様態助動詞「そうです」置於形容詞、形容動詞、動詞（不置於名詞下）及其他少數助動詞下，其意義就是**描述事物的樣子及狀態**，中文可以理解及翻譯成「看起來～、快要～」。接續方法如下：

形容詞い 形容動詞な 動詞ます	＋そうです

例外：ない加上**そうです**會變成なさそうです

いい加上**そうです**會變成よさそうです

258

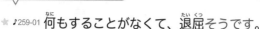

用例句熟悉文法內容

★ ♪259-01 何もすることがなくて、退屈そうです。

（沒事可做，看起來很無聊。）

★ ♪259-02 雨が降りそうですけど、傘を持っています
か？

（快下雨了耶，有帶傘嗎？）

★ ♪259-03 あの生徒は自信がなさそうです。

（那個學生看起來沒自信。）

★ ♪259-04 雨は降りそうにありませんから、

這是動詞＋そうです的否定慣用法

傘を持たないで行きます。

（看起來不會下雨，所以我不帶傘去。）

🌟 相關衍生字彙

♪259-05 小雨 [ko-sa-me] 名 小雨

♪259-06 大雨 [oo-a-me] 名 大雨

♪259-07 雨具 [a-ma-gu] 名 雨具

♪259-08 レインコート
[re-i-n-koo-to] 名 雨衣

♪259-09 雨靴 [a-ma-gu-tsu]
名 雨鞋

♪259-10 相合傘 [a-i-a-i-ga-sa]
名 兩人共撐一把傘

♪260-01 毎日<ruby>毎<rt>まい</rt></ruby><ruby>日<rt>にち</rt></ruby>～ようにしています。

盡量每天～

★ ♪260-02 <ruby>毎<rt>まい</rt></ruby><ruby>日<rt>にち</rt></ruby><ruby>日本語<rt>にほんご</rt></ruby>を<ruby>勉強<rt>べんきょう</rt></ruby>するようにしています。
（盡量每天念日語。）

★ ♪260-03 <ruby>毎<rt>まい</rt></ruby><ruby>日<rt>にち</rt></ruby><ruby>部屋<rt>へや</rt></ruby>を<ruby>掃除<rt>そうじ</rt></ruby>するようにしています。
（盡量每天打掃房間。）

★ ♪260-04 <ruby>毎<rt>まい</rt></ruby><ruby>日<rt>にち</rt></ruby>ギターを<ruby>練習<rt>れんしゅう</rt></ruby>するようにしています。
（盡量每天練吉他。）

★ ♪260-05 <ruby>毎<rt>まい</rt></ruby><ruby>日<rt>にち</rt></ruby><ruby>運動<rt>うんどう</rt></ruby>するようにしています。
（盡量每天運動。）

★ ♪260-06 <ruby>毎<rt>まい</rt></ruby><ruby>日<rt>にち</rt></ruby><ruby>野菜<rt>やさい</rt></ruby>を<ruby>食<rt>た</rt></ruby>べるようにしています。
（盡量每天吃蔬菜。）

不可不知的關鍵句型

パート
5

協助動詞的助動詞

♪261-01 ～そうに～ています。

～得好像很～

★ ♪261-02 美味^{おい}しそうに食^たべています。

（吃得好像好吃。）

★ ♪261-03 楽^{たの}しそうに遊^{あそ}んでいます。

（玩得好像很開心。）

★ ♪261-04 偉^{えら}そうに話^{はな}しています。

（說得好像很偉大。）

★ ♪261-05 悲^{かな}しそうに泣^ないています。

（哭得好像很傷心。）

★ ♪261-06 嬉^{うれ}しそうに眺^{なが}めています。

（看得好像很高興。）

261

明日、雪が降るそうです。
（聽說明天會下雪。）

文法解説

　　傳聞助動詞「そうです」的長相和上一單元的樣態助動詞一樣，接續方法也頗為相像，讀者務必看仔細。它置於名詞、形容詞、形容動詞、動詞及其他少數助動詞下，其意義就是描述某事物是說話者聽來的，中文可以理解及翻譯成「聽說～、據聞～」。接續方法如下：

名詞だ 形容詞い 形容動詞な＋だ 動詞原形／ない形／た形	＋そうです

用例句熟悉文法內容

★ ♪263-01 あの店、美味しいそうですね。

（那家店，聽說很好吃耶！）

★ ♪263-02 何もすることがなくて、毎日退屈だそうで
す。

（沒事可做，聽說每天都很無聊。）

★ ♪263-03 明日、雪は降らないそうです。

（聽說明天不會下雪。）

★ ♪263-04 きのう、雪が降ったそうです。

（聽說昨天下雪了。）

相關衍生字彙

♪263-05 スキー [su-kii] 名 滑雪

♪263-06 リフト [ri-fu-to] 名 纜車

♪263-07 橇に乗ります
[so-ri-ni-no-ri-ma-su] 動 坐雪橇

♪263-08 ニット帽 [ni-tto-bou]
名 針織帽

♪263-09 ソックス [so-kku-su]
名 襪子

♪263-10 日焼け止め
[hi-ya-ke-to-me] 名 防曬霜

 讓冬天更暖活的東西

♪264-01 こたつ [ko-ta-tsu]
名 暖桌

♪264-02 カイロ [ka-i-ro]
名 暖暖包

♪264-03 ボアブーツ
[bo-a-buu-tsu] 名 雪靴

♪264-04 レインブーツ
[rei-n-buu-tsu] 名 雨靴

♪264-05 あったかインナー
[a-tta-ka-i-n-naa] 名 發熱衣

♪264-06 暖炉 [da-n-ro] 名 壁爐
だん ろ

♪264-07 ヒーター [hii-taa]
名 電熱器

♪264-08 ブランケット
[bu-ra-n-ke-tto] 名 毛毯

⭐ 冬季活動

♪264-11 温泉に入ります
おん せん   はい
[o-n-se-n-ni-ha-i-ri-ma-su]
動 泡溫泉

♪264-12 スキーをします
[su-kii-wo-shi-ma-su] 動 滑雪

♪264-13 スケートをします
[su-kee-to-wo-shi-ma-su] 動 溜冰

♪264-14 雪合戦をします
ゆき がっ せん
[yu-ki-ga-sse-n-wo-shi-ma-su]
動 打雪仗

♪264-15 雪だるまを作ります
ゆき   つく
[yu-ki-da-ru-ma-wo-tsu-ku-ri-ma-su]
動 堆雪人

♪264-16 除雪をします
じょ せつ
[jo-se-tsu-wo-shi-ma-su]
動 除雪

 不可不知的關鍵句型

パート
5

協助動詞的助動詞

♪265-01 ～と言われています。

大家都說～

★ ♪265-02 周さんは、今一番人気がある歌手だと言われています。

（大家都說周小姐是現在最受歡迎的歌手。）

★ ♪265-03 台湾の高齢化問題は深刻だと言われています。

（大家都說台灣的高齡化問題很嚴重。）

★ ♪265-04 あの会社は倒産すると言われています。

（大家都說那家公司會破產。）

★ ♪265-05 日本人は働き蜂だと言われています。

（大家都說日本人是工作狂。）

★ ♪265-06 日本では刺青はよくないと言われています。

（大家都說在日本，刺青是不好的。）

088 推量助動詞らしい

あ、あの店なら、値段が高いらしいですよ。
（啊，那間店的話，似乎賣得很貴哦！）

文法解説

　　推量助動詞「らしい」置於名詞、形容詞、形容動詞、動詞及其他少數助動詞下，其意義就是**推測臆量事物的樣子及狀態**，中文可以理解及翻譯成「似乎～、好像～」，若想再加強客氣鄭重語感，可以表達成「らしいです」。接續方法如下：

名詞 形容詞い 形容動詞な 動詞原形／ない形／た形	+らしいです

　　提醒讀者注意的是，推量助動詞和比況助動詞「ようです」意義上很接近，但仍有其用法上的差別，簡單來說，**當說話者要敘述的是自身的內在感覺，包括疼痛、經驗、感受時，就不能用**

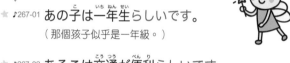

「らしいです」表達，只能用「ようです」。例如：

正確：頭が痛いようです。（我頭好像很痛。）

錯誤：頭が痛いらしいです。

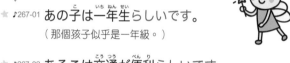

用例句熟悉文法內容

★ ♪267-01 あの子は一年生らしいです。

（那個孩子似乎是一年級。）

★ ♪267-02 あそこは交通が便利らしいです。

（那裡似乎交通很方便。）

★ ♪267-03 鈴木さんは国へ帰るらしいです。

（鈴木先生似乎要回國。）

★ ♪267-04 鈴木さんは国へ帰らないらしいです。

（鈴木先生似乎不回國。）

★ ♪267-05 鈴木さんは国へ帰ったらしいです。

（鈴木先生似乎回國了。）

☆ 相關衍生字彙

♪267-06 下痢 [ge-ri] 名 拉肚子

♪267-07 眩暈 [me-ma-i] 名 頭暈

♪267-08 頭痛 [zu-tsuu] 名 頭痛

♪267-09 高熱 [kou-ne-tsu] 名 高燒

♪267-10 寒気 [sa-mu-ke] 名 發冷

♪267-11 嘔吐 [ou-to] 名 嘔吐

♪268-01 和歌 [wa-ka] 名 和歌

♪268-02 俳句 [ha-i-ku] 名 俳句

♪268-03 能 [nou] 名 能劇

♪268-04 歌舞伎 [ka-bu-ki] 名 歌舞伎

♪268-05 芸者 [gei-sya] 名 藝妓

♪268-06 落語 [ra-ku-go] 名 單口相聲

♪268-07 漫才 [ma-n-za-i] 名 對口相聲

♪268-08 書道 [syo-dou] 名 書法

♪268-09 茶道 [cha-dou] 名 茶道

♪268-10 剣道 [ke-n-dou] 名 劍道

♪268-11 柔道 [juu-dou] 名 柔道

♪268-12 空手道 [ka-ra-te-dou] 名 空手道

♪268-13 合気道 [a-i-ki-dou] 名 合氣道

♪268-14 華道 [ka-dou] 名 插花

♪268-15 流鏑馬 [ya-bu-sa-me] 名 騎射比賽

日本傳統服飾

♪268-16 和服 [wa-fu-ku] 名 和服

♪268-17 振袖 [fu-ri-so-de] 名 振袖（未成年女性的正式服裝）

♪268-18 黒留袖 [ku-ro-to-me-so-de] 名 黑留袖（成年女性的正式服裝）

♪268-19 履物 [ha-ki-mo-no] 名 木屐

♪268-20 羽織 [ha-o-ri] 名 穿在和服外的短外套

♪268-21 紋付 [mo-n-tsu-ki] 名 繡有家紋的男性和服

♪269-01 Ｎらしいｎ

很有～感覺的～

★ ♪269-02 <ruby>男<rt>おとこ</rt></ruby>らしい<ruby>男<rt>おとこ</rt></ruby>

（有男人味的男人）

★ ♪269-03 <ruby>女<rt>おんな</rt></ruby>らしい<ruby>女<rt>おんな</rt></ruby>

（有女人味的女人）

★ ♪269-04 <ruby>写真<rt>しゃしん</rt></ruby>らしい<ruby>写真<rt>しゃしん</rt></ruby>

（拍得好的照片）

★ ♪269-05 <ruby>料理<rt>りょうり</rt></ruby>らしい<ruby>料理<rt>りょうり</rt></ruby>

（端得上桌的菜）

★ ♪269-06 <ruby>本<rt>ほん</rt></ruby>らしい<ruby>本<rt>ほん</rt></ruby>

（像樣的書）

静ちゃん、遊ぼう！
（静香，來玩吧！）

文法解說

意量助動詞「う／よう」置於動詞及其他少數助動詞下表示
肯定意志、勸誘及推測，三大類動詞接續方式及用法分述如下：

動詞分類	變化規則	動詞う／よう形
I 類動詞	漢字＋イ段改成オ段發音＋ます＋う	買おう、書こう、急ごう…
II 類動詞	1. 漢字＋イ段發音＋ます＋よう	起きよう、浴びよう、借りよう…
	2. 漢字＋エ段發音＋ます＋よう	食べよう、調べよう、生まれよう……
	3. 漢字＋ます＋よう	見よう、出よう、いよう…
III 類動詞	不規則變化	しよう、来よう

用例句熟悉文法內容

パート
5

協助動詞的助動詞

★ ♪271-01 明日からダイエットしよう！

強調説話者的意志

（從明天開始減肥！）

★ ♪271-02 私も少し飲もう！（我也來喝一點好了！）

★ ♪271-03 お兄ちゃん、もう帰ろうよ！

（哥哥，我們回家好不好？）

★ ♪271-04 上を向いて歩こう！涙が零れないように…

（為了不讓眼淚流下來，且讓我們昂首向前行！）

★ ♪271-05 来週、台風が来よう。

現代口語日語通常講成「来週、台風が来るでしょう」

（颱風下週會來吧？）

★ ♪271-06 こんな空模様なら、雨はすぐに止もう。

現代口語日語通常講成「こんな空模様なら、雨はすぐに止むでしょう」

（照這天象看來，雨會馬上停吧？）

🎀 相關衍生字彙

♪271-07 結婚 [ke-kko-n] 名 結婚

♪271-08 離婚 [ri-ko-n] 名 離婚

♪271-09 新郎 [shi-n-rou] 名 新郎

♪271-10 新婦 [shi-n-pu]
名 新娘／媳婦

♪271-11 ウェディングドレ
ス [we-dhi-n-gu-do-re-su]
名 婚紗

♪271-12 白無垢 [shi-ro-mu-ku]
名 神前結婚的新娘禮服

271

 日本必去的美景勝地

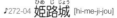

♪272-01 金閣寺 きん かく じ [ki-n-ka-ku-ji]
🔊 金閣寺

♪272-02 清水寺 きよ みず でら
[ki-yo-mi-zu-de-ra]
🔊 清水寺

♪272-03 浅草寺 せん そう じ [se-n-sou-ji]
🔊 淺草寺

♪272-04 姫路城 ひめ じ じょう [hi-me-ji-jou]
🔊 姫路城

♪272-05 大阪城 おお さか じょう [oo-sa-ka-jou]
🔊 大阪城

♪272-06 伏見稲荷大社 ふし み いなり たい しゃ
[fu-shi-mi-i-na-ri-ta-i-sya]
🔊 伏見稲荷大社

♪272-07 嵐山 あらしやま [a-ra-shi-ya-ma]
🔊 嵐山

♪272-08 富士山 ふ じ さん [fu-ji-sa-n]
🔊 富士山

♪272-09 祇園 ぎ おん [gi-o-n] 🔊 祇園

♪272-10 北海道神宮 ほっ かい どう じん ぐう
[ho-kka-i-dou-ji-n-guu]
🔊 北海道神宮

⭐ 接受藝術的薰陶

♪272-11 東京国立博物館 とうきょうこくりつ はく ぶつ かん
[tou-kyou-ko-ku-ri-tsu-ha-ku-bu-tsu-ka-n]
🔊 東京國立博物館

♪272-12 国立新美術館 こくりつ しん び じゅつかん
[ko-ku-ri-tsu-shi-n-bi-ju-tsu-ka-n]
🔊 國立新美術館

♪272-13 東京都美術館 とうきょう と び じゅつかん
[tou-kyou-to-bi-ju-tsu-ka-n]
🔊 東京都美術館

♪272-14 三十三間堂 さんじゅうさん げん どう
[sa-n-juu-sa-n-ge-n-dou]
🔊 三十三間堂（佛堂）

不可不知的關鍵句型

♪273-01 ～がない、どうしようかな？

沒～了，怎麼辦？

* ♪273-02 お金がない、どうしようかな？
  （沒錢了，怎麼辦？）

* ♪273-03 時間がない、どうしようかな？
  （沒時間了，怎麼辦？）

* ♪273-04 紙幣がない、どうしようかな？
  （沒紙鈔了，怎麼辦？）

* ♪273-05 小銭がない、どうしようかな？
  （沒零錢了，怎麼辦？）

* ♪273-06 お小遣いがない、どうしようかな？
  （沒零用錢了，怎麼辦？）

090 否定意量助動詞まい

こんなサービスが悪いホテルに
は（私は）もう来まい！

（這種服務不佳的飯店（我）不再來！）

文法解説

否定意量助動詞「まい」置於動詞及其他少數助動詞下表示
否定意志（不～）或否定推測（不會～吧？），三大類動詞接續
方式及用法分述如下：

動詞分類	變化規則	動詞まい形
I 類動詞	漢字＋イ段改成ウ段發音＋ます＋まい	買うまい、書くまい、急ぐまい…
II 類動詞	1. 漢字＋イ段發音＋ます＋まい	起きまい、浴びまい、借りまい……
	2. 漢字＋エ段發音＋ます＋まい	食べまい、調べまい、生まれまい…
	3. 漢字＋ます＋まい	見まい、出まい、居まい…
III 類動詞	不規則變化	しまい、来まい

用例句熟悉文法內容

★ ♪275-01 あんな本、私は見まい！
否定意志，主語一定得是第一人稱

（那種書，我才不看！）

★ ♪275-02 賄賂しろって？私はそんなことはしまい！
主語

（叫我行賄？我才不幹那種事！）

★ ♪275-03 今日は降っていないし、明日も雪は降るまい。
否定推測，主語不會是第一人稱

（因為今天也沒下，所以明天也不會下雪吧？）

★ ♪275-04 梅の花は四月には咲くまい。
主語

（梅花不會在四月開吧？）

★ ♪275-05 桑野さんなら、来年もやっぱり結婚できまい。

（桑野先生明年也還是結不了婚吧？）

🌸 相關衍生字彙

♪275-06 菊 [ki-ku] 名 菊花

♪275-07 百合 [yu-ri] 名 百合花

♪275-08 紫陽花 [a-ji-sa-i] 名 繡球花

♪275-09 チューリップ
[chuu-ri-ppu] 名 鬱金香

♪275-10 桜 [sa-ku-ra] 名 櫻花

♪275-11 蒲公英 [ta-n-po-po]
名 蒲公英

ユニット 091 文言否定助動詞ぬ

抜からぬ顔
（時時警惕的神情）

文法解說

　　文言否定助動詞「ぬ」置於動詞及其他少數助動詞下表示否定，其意義、接續方式和否定助動詞「ない」幾乎相同，只有Ⅲ類動詞的「します＋ぬ→せぬ」屬於例外。文言否定助動詞當中的文言二字意指口語較少使用。文言用法大致包含諺語、慣用法、歌詞。三大類動詞各自的接續方式如下：

動詞分類	變化規則	動詞ぬ形
Ⅰ類動詞	1. 漢字＋イ段改成ア段發音＋ます＋ぬ	書かぬ、急がぬ、話さぬ…
	2. い的ア段發音用わ表達	買わぬ…
Ⅱ類動詞	1. 漢字＋イ段發音＋ます＋ぬ	起きぬ、浴びぬ、借りぬ…
	2. 漢字＋エ段發音＋ます＋ぬ	食べぬ、調べぬ、生まれぬ…
	3. 漢字＋ます＋ぬ	見ぬ、出ぬ、いぬ…

276

動詞分類	變化規則	動詞ぬ形
III 類動詞	不規則變化	せぬ、来ぬ

用例句熟悉文法內容

★ ♪277-01 知らぬが仏。（眼不見為淨。）

★ ♪277-02 言わぬが花。（不說為妙。）

★ ♪277-03 やむを得ぬ事。（不得已的事。）

★ ♪277-04 浮かぬ顔。（愁眉苦臉。）

★ ♪277-05 転ばぬ先の杖。（未雨綢繆。）

★ ♪277-06 ごらん、あれが竜飛岬 北の外れと 見知らぬ人が指をさす…

（您看！陌生人用手指著說遠方那個就是龍飛海角、北邊的盡頭…）『津軽海峡冬景色』

🎵 相關衍生字彙

♪277-07 子守唄 [ko-mo-ri-u-ta]
❷ 搖籃曲

♪277-08 ララバイ [ra-ra-ba-i]
❷ 搖籃曲

♪277-09 行進曲 [kou-shi-n-kyu-ku]
❷ 進行曲

♪277-10 カラオケ [ka-ra-o-ke]
❷ 卡拉 OK

♪277-11 合唱 [ga-ssyou] ❷ 合唱

♪277-12 ソロ [so-ro]
❷ 獨唱、獨奏、獨演

♪278-01 〜う（よう）と〜まいと

〜也好〜也罷

★ ♪278-02 お客さんが来ようと来まいと、お店は
開けなければなりません。

（不管客人來不來，店都得開。）

★ ♪278-03 就職しようとしまいと、よく考えて決
めたほうがいいですよ。

（不管要不要去上班，最好仔細想想再決定。）

★ ♪278-04 雨が降ろうと降るまいと、傘を持って
行きます。

（不管會不會下雨，我都要帶傘去。）

★ ♪278-05 当たろうと当たるまいと、パチンコを
するのが趣味なんです。

（不管會不會中，玩小鋼珠就是我的興趣。）

★ ♪278-06 使おうと使うまいと、基本料金は払わ
なければなりません。

（不管要不要用，都得付基本費用。）

帽子 不可不知的關鍵句型

♪279-01 ～ずに、～

不~而~

★ ♪279-02 休まずに、働きます。

（不休息而在工作。）

★ ♪279-03 働かずに、遊びます。

（不工作而在玩。）

★ ♪279-04 遊ばずに、勉強します。

（不玩而在念書。）

★ ♪279-05 勉強せずに、ゲームします。

（不念書而在打電動。）

★ ♪279-06 ゲームせずに、宿題をします。

（不打電動而在寫功課。）

ここで待たせます。
（叫他在這裡等。）

文法解説

　　使役助動詞「せます／させます」置於動詞及其他少數助動詞後添加使役語氣，中文可以理解及翻譯成「叫～、讓～、使～」，三大類動詞各自的接續方法如下：

動詞分類	變化規則	動詞せます／させます形
I 類動詞	1. 漢字＋イ段改成ア段發音＋ます＋せます	書かせます、急がせます、話させます…
	2. い的ア段發音用わ表達	買わせます…
II 類動詞	1. 漢字＋イ段發音＋ます＋させます	起きさせます、浴びさせます、借りさせます…
	2. 漢字＋エ段發音＋ます＋させます	食べさせます、調べさせます、生まれさせます…

動詞分類	變化規則	動詞せます／させます形
II 類動詞	3. 漢字＋ます＋させます	見させます、出させます、いさせます…
III 類動詞	不規則變化	させます、来させます

用例句熟悉文法內容

★ ♪281-01 母は息子に野菜を買わせます。
他動詞使役對象用に表達
（媽媽叫兒子去買菜。）

★ ♪281-02 美冴は新ちゃんにピーマンを食べさせます。
（美冴叫小新吃青椒。）

★ ♪281-03 私は弟に部屋を掃除させます。
（我叫弟弟打掃房間。）

★ ♪281-04 先生は学生を6時に学校に来させます。
自動詞使役對象基本上用を表達
（老師叫學生於六點到校。）

相關衍生字彙

♪281-05 大根 [da-i-ko-n] 名 白蘿蔔

♪281-06 人参 [ni-n-ji-n] 名 紅蘿蔔

♪281-07 ほうれん草 [hou-re-n-sou] 名 菠菜

♪281-08 キャベツ [kya-be-tsu] 名 甘藍菜

♪281-09 玉ねぎ [ta-ma-ne-gi] 名 洋蔥

♪281-10 レタス [re-ta-su] 名 萵苣

パート 5
協助動詞的助動詞

281

 日本的大大小小節日

♪282-01 元日 がんじつ [ga-n-ji-tsu]
图 元旦（1月1日）

♪282-02 成人の日 せいじんのひ [sei-ji-n-no-hi]
图 成人節（1月的第二個星期一）

♪282-03 建国記念日 けんこくきねんび [ke-n-ko-ku-ki-ne-n-bi]
图 建國紀念日（2月11日）

♪282-04 春分の日 しゅんぶんのひ [syu-n-bu-n-no-hi]
图 春分（3月21日左右）

♪282-05 昭和の日 しょうわのひ [syou-wa-no-hi]
图 昭和之日（4月29日）

♪282-06 憲法記念日 けんぽうきねんび [ke-n-pou-ki-ne-n-bi]
图 憲法紀念日（5月3日）

♪282-07 緑の日 みどりのひ [mi-do-ri-no-hi]
图 緑之日（5月4日）

♪282-08 こどもの日 こどものひ [ko-do-mo-no-hi]
图 兒童節（5月5日）

♪282-09 雛祭り ひなまつり [hi-na-ma-tsu-ri]
图 女兒節（3月3日）

♪282-10 お盆 ぼん [o-bo-n]
图 盂蘭盆節（8月13～16日）

♪282-11 敬老の日 けいろうのひ [kei-rou-no-hi] 图 敬老節（九月第三個星期一）

♪282-12 秋分の日 しゅうぶんのひ [syuu-bu-n-no-hi]
图 秋分節（9月23日左右）

♪282-13 文化の日 ぶんかのひ [bu-n-ka-no-hi] 图 文化節（11月3日）

♪282-14 勤労感謝の日 きんろうかんしゃのひ [ki-n-rou-ka-n-sya-no-hi]
图 勞働節（11月23日）

TIMETABLE

♪283-01 **〜せ（させ）ていただけ
ませんか？**

能否承蒙您讓我〜

♪283-02 手伝わせていただけませんか？
（能否承蒙您讓我幫忙？）

♪283-03 行かせていただけませんか？
（能否承蒙您讓我去？）

♪283-04 持たせていただけませんか？
（能否承蒙您讓我拿？）

♪283-05 調べさせていただけませんか？
（能否承蒙您讓我查一下？）

♪283-06 試食させていただけませんか？
（能否承蒙您讓我試吃？）

ユニット

093 被動助動詞れます／られます

無視されます。
（被忽視了。）

文法解說

　　被動助動詞「れます／られます」置於動詞及其他少數助動詞後添加被動語氣，中文可以理解及翻譯成「被〜、受〜」。日語裡的被動語態分成「有情被動」及「無情被動」兩種。有情被動句的最大特徵是一定要以受害者或受益者當主語；無情被動則是單純表示某事、某物被如何了，並沒有人因此受害或受益。三大類動詞各自的接續方法如下：

動詞分類	變化規則	動詞れます／られます形
I 類動詞	1. 漢字＋イ段改成ア段發音＋ます＋れます	書かれます、急がれます、話されます…
	2. い的ア段發音用わ表達	買われます…
II 類動詞	1. 漢字＋イ段發音＋ます＋られます	起きられます、浴びられます、借りられます…
	2. 漢字＋エ段發音＋ます＋られます	食べられます、調べられます、生まれられます…

動詞分類	變化規則	動詞れます／られます形
II 類動詞	3. 漢字＋ます＋られます	見られます、出られます、いられます…
III 類動詞	不規則變化	されます、来られます

用例句熟悉文法內容

| 有情被動 |

♪285-01 **あの人は私の足を踏みました。**
（那個人踩到我的腳。）　主動語態

♪285-02 **私はあの人に足を踏まれました。**
（我被那個人踩到腳。）　受害者的我當主語，不可用腳當主語。被動對象一律用に表達

| 無情被動 |

♪285-03 **あのビルは5年前に建てられました。**
（那棟大樓五年前蓋好的。）

♪285-04 **五輪は4年ごとに行われます。**
（奧運會每四年舉辦一次。）　非關特定個人利害影響的一般事實

相關衍生字彙

♪285-05 **オリンピック**
[o-ri-n-pi-kku] 名 奧運會

♪285-06 **金メダル** [ki-n-me-da-ru]
名 金牌

♪285-07 **銀メダル** [gi-n-me-da-ru]
名 銀牌

♪285-08 **銅メダル** [dou-me-da-ru]
名 銅牌

五時に起きます。（五點起床。）

五時に起きられます。（有辦法五點起床。）

文法解說

　　可能助動詞「れます／られます」置於動詞及其他少數助動詞後添加能力語氣，中文可以理解及翻譯成「做得到～、能～」，三大類動詞各自的接續方法請參考ユニット 093 被動助動詞（**P.284**）。但要提醒讀者注意，當中的 I 類動詞在現代口語日文中更常用下述形態表達能力的語氣：

動詞分類	變化規則	動詞れます／られます形
I 類動詞	漢字＋イ段改成エ段發音＋ます	買えます、書けます、急げます、話せます…

パート
5

協助動詞的助動詞

　另外，III 類動詞當中由「します」變化而來的「されます」在現代口語日語中也已完全不用來表達能力，而全面改用「できます」。例如：

運転<ruby>運転<rt>うんてん</rt></ruby>できます（能開車）、<ruby>進学<rt>しんがく</rt></ruby>できます（能升學）、<ruby>掃除<rt>そうじ</rt></ruby>できます（能打掃）

> 用例句熟悉文法內容

★ ♪287-01 <ruby>一人<rt>ひとり</rt></ruby>で<ruby>学校<rt>がっこう</rt></ruby>に<ruby>行<rt>い</rt></ruby>きます。
（一個人上學。）

★ ♪287-02 <ruby>一人<rt>ひとり</rt></ruby>で<ruby>学校<rt>がっこう</rt></ruby>へ<ruby>行<rt>い</rt></ruby>けます。
（敢一個人上學。）

★ ♪287-03 <ruby>塾<rt>じゅく</rt></ruby>へ<ruby>歩<rt>ある</rt></ruby>いて<ruby>来<rt>き</rt></ruby>ます。
（走路來補習班。）

★ ♪287-04 <ruby>塾<rt>じゅく</rt></ruby>へ<ruby>歩<rt>ある</rt></ruby>いて<ruby>来<rt>こ</rt></ruby>られます。
（能走路來補習班。）

 相關衍生字彙

♪287-05 <ruby>数学<rt>すうがく</rt></ruby> [suu-ga-ku] 名 數學

♪287-06 <ruby>国語<rt>こくご</rt></ruby> [ko-ku-go] 名 國文

♪287-07 <ruby>英語<rt>えいご</rt></ruby> [ei-go] 名 英文

♪287-08 <ruby>理科<rt>りか</rt></ruby> [ri-ka] 名 理科

♪287-09 <ruby>地理<rt>ちり</rt></ruby> [chi-ri] 名 地理

♪287-10 <ruby>歴史<rt>れきし</rt></ruby> [re-ki-shi] 名 歷史

不可不知的關鍵句型

♪288-01 ～て困こまります。

～，很傷腦筋。

★ ♪288-02 雨あめに降ふられて、困こまります。
（淋到雨，很傷腦筋。）

★ ♪288-03 赤あかちゃんに泣なかれて、困こまります。
（被嬰兒哭吵，很傷腦筋。）

★ ♪288-04 親友しんゆうに裏切うらぎられて、困こまります。
（遭好友背叛，很傷腦筋。）

★ ♪288-05 友達ともだちに見捨みすてられて、困こまります。
（被朋友拋棄，很傷腦筋。）

★ ♪288-06 生徒せいとに来こられて、困こまります。
（學生在不該的時候跑來，很傷腦筋。）

 不可不知的關鍵句型

♪289-01 私は～が得意です。

我擅長～

♪289-02 私は日本語が得意です。
（我擅長日語。）

♪289-03 私は数学が得意です。
（我擅長數學。）

♪289-04 私は料理が得意です。
（我擅長作菜。）

♪289-05 私は運転が得意です。
（我擅長開車。）

♪289-06 私はスポーツが得意です。
（我擅長運動。）

095 尊敬助動詞れます／られます

お客様は来られました。
（客人來了。）

お客様はお見えになりました。
（客人駕到。）

文法解説

　　尊敬助動詞「れます／られます」置於動詞及其他少數助動詞後表示對說話對象或話題中的第三者加強尊敬語氣，中文可以大致理解成「您～」，但也許無法直接翻譯。三大類動詞各自的接續方法請參考ユニット 093（P.284）。

用例句熟悉文法內容

★ ♪290-01 先生も行きます。（老師也要去。）

★ ♪290-02 先生も行かれます。（老師也要去。）

★ ♪291-01 **先生^{せんせい}もいらっしゃいます。**
　　　　　　「行きます」的慣用尊敬説法，且尊敬程度來得更高
（老師也要去。）

★ ♪291-02 **先輩^{せんぱい}が食^たべます。**
（是學長姐要享用。）

★ ♪291-03 **先輩^{せんぱい}が食^たべられます。** （是學長姐要享用。）

★ ♪291-04 **先輩^{せんぱい}が召^めし上^あがります。** （是學長姐要享用。）
　　　　　　「食べます、飲みます」等動詞的慣用尊敬説法，且尊敬
程度來得更高

★ ♪291-05 **課長^{かちょう}は帰^{かえ}りましたか。**
（課長回去了嗎？）

★ ♪291-06 **課長^{かちょう}は帰^{かえ}られましたか。** （課長回去了嗎？）

★ ♪291-07 **課長^{かちょう}はお帰^{かえ}りになりましたか。**
　　　　　　若該動詞本身沒有慣用説法的話，也可以用「お V ますに
なります」表達尊敬語氣，且尊敬程度來得更高
（課長回去了嗎？）

元カレのことが思い出されます。

（不禁回想起前男友的事情。）

文法解說

　　自發助動詞「れます／られます」置於少數特定動詞後表示無法克制或自然而然發生的心理現象，中文可以理解及翻譯成「不禁～、不由得～」。三大類動詞各自的接續方法請參考ユニット 093（**P.284**）。

用例句熟悉文法內容

★ ♪292-01 この写真を見ると、昔のことが思い出さ

接續自發助動詞的動詞都搭配が表示動作內容

れます。

（每每看到這張照片都不禁回想起從前。）

♪293-01 行方不明になった妹のことが案じられます。（不由得擔心失蹤的妹妹。）

♪293-02 この子の将来を考えると、心配されます。
（每每想到這孩子的未來都不禁擔心起來。）

♪293-03 親の心は奇妙なもので、先の先まで案じられてならないのです。
（父母心真奇妙，總是擔心個沒完。）

♪293-04 彼に会うと、若かったあの頃が偲ばれます。
（每每遇到他都不禁懷念起當年勇。）

♪293-05 声も小さくないから隣のお客さんに丸聞こえで、にこっと微笑まれました。
（聲量也不小，整個被隔壁客人聽光光，不禁微笑了一下。）

🌟 相關衍生字彙

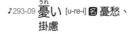

♪293-06 危惧 [ki-gu] 名 擔心

♪293-07 鬼胎を抱く [ki-ta-i-wo-i-da-ku] 慣 心懷鬼胎

♪293-08 不安 [fu-a-n] 名 不安

♪293-09 憂い [u-re-i] 名 憂愁、掛慮

♪293-10 懸念 [ke-ne-n] 動 擔心

♪293-11 危ぶみます [a-ya-bu-mi-ma-su] 動 擔心

能夠接續自發助動詞的動詞

| I 類動詞 |

動詞ます形	動詞れます／られます形
泣きます（哭泣）	泣かれます（不禁想哭）
笑います（笑）	笑われます（不由得笑出來）
微笑みます（微笑）	微笑まれます（不禁微笑）
思います（想）	思われます（不由得去想）
思い出します（回想）	思い出されます（不禁回想起）
思い浮かびます（想起）	思い浮かばれます（不由得想起）
偲びます（懷念）	偲ばれます（不禁懷念起）
懐かしみます（懷念）	懐かしまれます（不由得懷念起）

| II 類動詞 |

動詞ます形	動詞れます／られます形
信じます（相信）	信じられます（不禁相信）
考えます（思考）	考えられます（不由得去思考）
案じます（擔心）	案じられます（不禁擔心）
感じます（感覺）	感じられます（不由得感覺到）

| III 類動詞 |

動詞ます形	動詞れます／られます形
心配します（擔心）	心配されます（不禁擔心）

♪296-01 〜て、嬉しいです。

很高興〜

★ ♪296-02 お会いできて、嬉しいです。

（很高興能見到您。）

★ ♪296-03 お目にかかれて、嬉しいです。

（很高興能見到您。）

★ ♪296-04 皆さんに出会えて、嬉しいです。

（很高興能和大家相遇。）

★ ♪296-05 先生に褒められて、嬉しいです。

（很高興被老師誇獎。）

★ ♪296-06 またここに来られて、嬉しいです。

（很高興能再來到這裡。）

 不可不知的關鍵句型

♪297-01 **～ないでください。**

請勿～

★ ♪297-02 ここでタバコを吸わないでください。
（請勿在此抽菸。）

★ ♪297-03 ここに車を止めないでください。
（請勿在此停車。）

★ ♪297-04 スマホを弄りながら、道を歩かないで
ください。
（請勿當低頭族。）

★ ♪297-05 遅刻しないでください。
（請勿遲到。）

★ ♪297-06 宿題を忘れないでください。
（請別忘了寫功課。）

ユニット

097 義務助動詞べきです

いい国民（こくみん）として、法律（ほうりつ）を守（まも）るべきです。
（身為一介好國民，應該守法。）

文法解説

　　義務助動詞「べきです」置於動詞及其他少數助動詞後加強說話者主張的義務及理所當然的語氣，中文可以理解及翻譯成「應該～、值得～、可～」，否定的話可直接改成「べきではありません」。

動詞原形	+べきです （應該、值得、可～）
	+べきではありません （不應該、不值得、不可～）

298

用例句熟悉文法內容

★ ♪299-01 今では、大学に受かったことはさほど喜ぶ
べきことではありません。

（現今啊，考上大學並不值得那麼高興。）

★ ♪299-02 自分が間違っていたら、あやまるべきです。

句意和「自分が間違っていたら、あやまらな
ければなりません」幾乎同義，只是較偏文言

（自己錯的話就應該道歉。）

★ ♪299-03 いつ来るか分からないからこそ、常に災害
に備えるべきです。

（正因為不知何時降臨，所以更應該常備防災。）

★ ♪299-04 まずは反省するべきではないでしょうか？

（難道不應該先反省一下嗎？）

🌸 相關衍生字彙

♪299-05 義務 [gi-mu] 名 義務

♪299-06 権利 [ke-n-ri] 名 權利

♪299-07 納税 [nou-zei] 名 納税

♪299-08 兵役 [hei-e-ki] 名 當兵

♪299-09 教育を受けます
[kyou-i-ku-wo-u-ke-ma-su]
動 受教育

 日本的行政機關

♪300-01 内閣府 <ruby>内<rt>ない</rt></ruby><ruby>閣<rt>かく</rt></ruby><ruby>府<rt>ふ</rt></ruby> [na-i-ka-ku-fu]
名 內閣

♪300-02 復興庁 <ruby>復<rt>ふっ</rt></ruby><ruby>興<rt>こう</rt></ruby><ruby>庁<rt>ちょう</rt></ruby> [fu-kkou-chou]
名 復興廳

♪300-03 警察庁 <ruby>警<rt>けい</rt></ruby><ruby>察<rt>さつ</rt></ruby><ruby>庁<rt>ちょう</rt></ruby> [kei-sa-tsu-chou]
名 警察廳

♪300-04 総務省 <ruby>総<rt>そう</rt></ruby><ruby>務<rt>む</rt></ruby><ruby>省<rt>しょう</rt></ruby> [sou-mu-syou]
名 總務省

♪300-05 法務省 <ruby>法<rt>ほう</rt></ruby><ruby>務<rt>む</rt></ruby><ruby>省<rt>しょう</rt></ruby> [hou-mu-syou]
名 法務省

♪300-06 外務省 <ruby>外<rt>がい</rt></ruby><ruby>務<rt>む</rt></ruby><ruby>省<rt>しょう</rt></ruby> [ga-i-mu-syou]
名 外務省

♪300-07 財務省 <ruby>財<rt>ざい</rt></ruby><ruby>務<rt>む</rt></ruby><ruby>省<rt>しょう</rt></ruby> [za-i-mu-syou]
名 財務省

♪300-08 文部科学省 <ruby>文<rt>もん</rt></ruby><ruby>部<rt>ぶ</rt></ruby><ruby>科<rt>か</rt></ruby><ruby>学<rt>がく</rt></ruby><ruby>省<rt>しょう</rt></ruby> [mo-n-bu-ka-ga-ku-syou]
名 文部科學省

♪300-09 厚生労働省 <ruby>厚<rt>こう</rt></ruby><ruby>生<rt>せい</rt></ruby><ruby>労<rt>ろう</rt></ruby><ruby>働<rt>どう</rt></ruby><ruby>省<rt>しょう</rt></ruby> [kou-sei-rou-dou-syou]
名 厚生勞動省

♪300-10 農林水産省 <ruby>農<rt>のう</rt></ruby><ruby>林<rt>りん</rt></ruby><ruby>水<rt>すい</rt></ruby><ruby>産<rt>さん</rt></ruby><ruby>省<rt>しょう</rt></ruby> [nou-ri-n-su-i-sa-n-syou]
名 農林水產省

♪300-11 経済産業省 <ruby>経<rt>けい</rt></ruby><ruby>済<rt>ざい</rt></ruby><ruby>産<rt>さん</rt></ruby><ruby>業<rt>ぎょう</rt></ruby><ruby>省<rt>しょう</rt></ruby> [kei-za-i-sa-n-gyou-syou]
名 經濟產業省

♪300-12 国道交通省 <ruby>国<rt>こく</rt></ruby><ruby>道<rt>どう</rt></ruby><ruby>交<rt>こう</rt></ruby><ruby>通<rt>つう</rt></ruby><ruby>省<rt>しょう</rt></ruby> [ko-ku-dou-kou-tsuu-syou]
名 國土交通省

♪300-13 環境省 <ruby>環<rt>かん</rt></ruby><ruby>境<rt>きょう</rt></ruby><ruby>省<rt>しょう</rt></ruby> [ka-n-kyou-syou]
名 環境省

♪300-14 防衛省 <ruby>防<rt>ぼう</rt></ruby><ruby>衛<rt>えい</rt></ruby><ruby>省<rt>しょう</rt></ruby> [bou-ei-syou]
名 防衛省

 不可不知的關鍵句型

パート **5**

協助動詞的助動詞

♪301-01 **～はずです。**

照理來說應該～

★ ♪301-02 **会議は三時に終わるはずです。**
（照理來說會議應該三點開完。）

★ ♪301-03 **飛行機は五時に到着するはずです。**
（照理來說飛機應該五點抵達。）

★ ♪301-04 **今年卒業するはずです。**
（照理來說今年應該會畢業。）

★ ♪301-05 **先生はもう来ているはずです。**
（照理來說老師應該已經到了。）

★ ♪301-06 **あの人なら、遅刻しないはずです。**
（照理來說那個人應該不會遲到。）

301

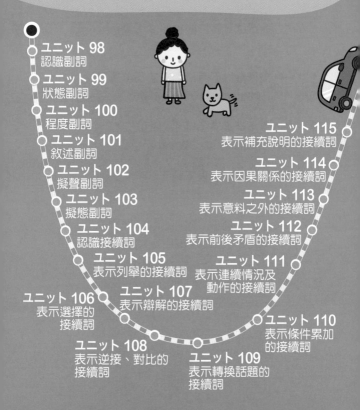

パート6
讓句子表達更加豐富

あそこは静かではありません。

（那邊不安靜。）

あそこはあまり静かではありません。

　　　　　　用來修飾後面的形容動詞

（那邊不怎麼安靜。）

文法解說

　　如本書ユニット 006 單元所述，副詞屬自立語，本身具備獨自的語意，而在ユニット 007 亦提及日語句子的構成要素，但這些構句都只是表達最基本的涵意，如果想讓講話或書寫的內容更活潑生動，副詞（或副詞形用法）就扮演舉足輕重的角色。

　　另外，副詞中有一群特別的字，稱為擬聲副詞及擬態副詞，一般都叫作「擬聲語」及「擬態語」，是指用單一詞彙形容耳朵聽到的聲音、眼睛看到的狀態；它們可說是最貼近生活的日語詞彙，但同時也是日語學習者望之卻步的難關。「擬聲語」及「擬態語」有個用法上的特色，就是發音愈重，其「重、強、鈍、厚、粗」等感覺便更加明顯，像「ひゅうひゅう」這個字原是形容風

吹的咻咻聲，但隨著改成「ぴゅうぴゅう」甚至「びゅうびゅう」就意指風愈來愈強，給人一種刮大風甚至刮強風的意象。為方便讀者學習，本書將這些擬聲語及擬態語分類成幾個小項於後述單元中說明。

用例句熟悉文法內容

★ ♪305-01 私は子どもじゃないんです。（我不是小孩子。）

★ ♪305-02 私はもう子どもじゃないんです。
用もう來修飾後面的名詞述語
（我不再是小孩子了。）

★ ♪305-03 雨が降りっています。（下雨了。）

★ ♪305-04 雨がしとしと降っています。（雨靜靜地下。）
用しとしと來修飾後面的動詞

★ ♪305-05 玉山は高いです。（玉山很高。）

★ ♪305-06 玉山は富士山より高いです。（玉山比富士山高。）
先拿富士山搭配格助詞より形成副詞形文節，
再來修飾後面的形容詞

相關衍生字彙

♪305-07 成人 [sei-ji-n] 名 成人

♪305-08 未成年者 [mi-sei-ne-n-sya]
名 未成年的人

♪305-09 少年 [syou-ne-n] 名 少年

♪305-10 少女 [syou-jo] 名 少女

公園までゆっくり（と）歩きます。

（慢慢走到公園。）

文法解説

状態副詞主要用於**修飾動詞**。當中有由漢字構成的形態也有純粹假名構成的形態。常用狀態副詞有：

暫く（不久）、ゆっくり（と）（慢慢的）、すぐ（に）（馬上）、ふと（突然）、いきなり（突然）、時々（有時）、ああ（那樣）、こう（這樣）、ぺろりと（很快地吃完）

用例句熟悉文法內容

★ ♪307-01 教室で暫く待ちます。（在教室稍候。）

★ ♪307-02 ドアをすぐ（に）開けます。（馬上開門。）

★ ♪307-03 高校時代をふと思い出します。
（突然想起高中時期。）

★ ♪307-04 雪がいきなり降り出します。（突然下起雪來。）

★ ♪307-05 母は時々不安になります。
（媽媽有時候會感到不安。）

★ ♪307-06 この子ったら、ああ言えば、こう言う。
（這個孩子真是的，說這應那。）

★ ♪307-07 親子丼をぺろりと平らげました。
（一下子就吃完雞肉蓋飯。）

💠 相關衍生字彙

♪307-08 心細い [ko-ko-ro-bo-so-i]
形 膽怯的

♪307-09 緊張 [ki-n-chou] 名 緊張

♪307-10 怖い [ko-wa-i] 形 可怕的

♪307-11 リラックス [ri-ra-kku-su]
名 放鬆

 學校裡的各個角落

⭐ 帶著這些上學去

 不可不知的關鍵句型

パート
6

讓句子表達更加豐富

♪309-01 全然～ません。

完全不~

★ ♪309-02 全然日本語を話しません。
（完全不說日語。）

★ ♪309-03 全然ピーマンを食べません。
（完全不吃青椒。）

★ ♪309-04 全然人の話を聞きません。
（完全不聽人家說話。）

★ ♪309-05 全然学校へ来ません。
（完全不來上學。）

★ ♪309-06 全然勉強しません。
（完全不念書。）

309

ユニット
100 程度副詞

靴のサイズが少し
小さいです。
鞋子的尺寸有點小。

文法解說

　　程度副詞主要用於修飾形容詞、形容動詞、動詞及名詞（或
名詞述語）的程度。

用例句熟悉文法內容

| 修飾形容詞 |

♪310-01 この鞄は、かなり重いですね。

（這個包包還真重耶。）

| 修飾形容動詞 |

♪310-02 コンビニは買い物にはとても便利です。

（便利商店買東西很方便。）

パート
6

讓句子表達更加豐富

★ ♪311-01 仕事がちょっと大変です。

（工作有點棘手。）

| 修飾動詞 |

★ ♪311-02 締め切りまでにずいぶん苦労しました。

（趕在截止日前完成，真辛苦。）

★ ♪311-03 父はめっきり老けました。

（爸爸蒼老許多。）

| 修飾名詞 |

★ ♪311-04 もっと前のほうへ進んでください。

（請再往前一點點。）

★ ♪311-05 彼はすぐ向かいのアパートに住んでいます。

（他就住在正對面的公寓裡。）

✿ 相關衍生字彙

♪311-06 デパート [de-paa-to]
　　名 百貨公司

♪311-07 ホテル [ho-te-ru] 名 飯店

♪311-08 民宿 [mi-n-syu-ku]
　　名 民宿

♪311-09 ルームサービス
　　[ruu-mu-saa-bi-su]
　　名 客房服務

 旅行住飯店好放鬆

♪312-01 シングルルーム
[shi-n-gu-ru-ruu-mu]
名 單人房

♪312-02 ダブルルーム
[da-bu-ru-ruu-mu]
名 雙人房

♪312-03 トリプルルーム
[to-ri-pu-ru-ruu-mu]
名 三人房

♪312-04 スイートルーム
[su-ii-to-ruu-mu] 名 套房

♪312-05 和室 [wa-shi-tsu]
名 日式房間

♪312-06 洋室 [you-shi-tsu]
名 西式房間

♪312-07 チェックインし
ます
[che-kku-i-n-shi-ma-su]
動 登記入住

♪312-08 チェックアウト
します
[che-kku-a-u-to-shi-ma-su]
動 登記退房

♪312-09 荷物預かり
[ni-mo-tsu-a-zu-ka-ri]
名 行李寄放

🛁 飯店的設備

♪312-10 カードキー [kaa-do-kii]
名 房卡

♪312-11 浴衣 [yu-ka-ta] 名 浴袍、浴衣

♪312-12 スリッパ [su-ri-ppa] 名 拖鞋

♪312-13 エレベーター [e-re-bee-taa]
名 電梯

♪312-14 ランドリー [ra-n-do-rii]
名 自助洗衣房

♪312-15 無料 Wi-Fi
[mu-ryou-wa-i-fa-i]
名 免費無線網路

♪312-16 非常口 [hi-jou-gu-chi]
名 緊急逃生口

♪312-17 ロビー [ro-bii] 名 大廳

♪312-18 大浴場 [da-i-yo-ku-jou]
名 公共浴場

 不可不知的關鍵句型

♪313-01 **とても～から、たくさん～。**

（因為很～所以～很多）

★ ♪313-02 とても美味しいですから、たくさん食べました。

（因為很好吃，所以吃很多。）

★ ♪313-03 とても安いですから、たくさん買いました。

（因為很便宜，所以買很多。）

★ ♪313-04 とてもきれいですから、たくさん注文しました。

（因為很漂亮，所以訂購很多。）

★ ♪313-05 とても親切ですから、たくさんファンがいます。

（因為很親切，所以粉絲很多。）

★ ♪313-06 とても美しいですから、たくさん写真を撮りました。

（因為很美，所以拍很多。）

ああいうラッキーなことは
滅多にないでしょう。

（那種幸運的事不常有吧？）

用例句熟悉文法內容

敘述副詞主要用於呼應本身修飾的述語。根據述語的語氣大
致分類如下：

| 呼應否定 |

♪314-01 あの人は決して自分の過ちを認めません。

（那個人絕不承認自己有錯。）

♪314-02 このような店には二度と来ません。

（像這種店我不會再來。）

| 呼應肯定推測 |

♪314-03 明日はたぶん晴れるでしょう。

（明天大概會放晴吧？）

★ ♪315-01 あの人なら恐らくもう来ているでしょう。（那個人的話恐怕已經來了吧？）

| 呼應否定推測 |

★ ♪315-02 まさかいつも一番の彼女が試験に落ちたとは思いませんでした。
（真沒想到總是第一名的她竟落榜了。）

| 呼應疑問 |

★ ♪315-03 なぜ分らないのですか。（為何不懂呢？）

★ ♪315-04 どうして来なかったの？（為什麼沒來呢？）

| 呼應假設語態 |

★ ♪315-05 もし明日が世界の最終日だとしたら、どうしますか？（萬一，明天就是世界末日，怎麼辦？）

★ ♪315-06 たとえ負けても挫けません。（就算輸了也不氣餒。）

| 呼應願望 |

★ ♪315-07 どうかお許しください。（敬祈原諒。）

★ ♪315-08 皆さん、是非お花見をしてください。
（各位，務必要去賞花哦！）

| 呼應比喻 |

★ ♪315-09 まるで嘘みたいです。（簡直像謊言似的。）

★ ♪315-10 あの子の顔はあたかもりんごのようです。
（那個孩子的臉就像一顆蘋果。）

 世界末日很可怕

♪316-01 **ゾンビ** [zo-n-bi]
名 殭屍

♪316-02 **コレラ** [ko-re-ra]
名 霍亂

♪316-03 **狂犬病** [kyou-ke-n-byou]
名 狂犬病

♪316-04 **ペスト** [pe-su-to]
名 鼠疫

♪316-05 **世界大戦**
[se-ka-i-ta-i-se-n]
名 世界大戰

♪316-06 **爆弾** [ba-ku-da-n]
名 炸彈

♪316-07 **テロリスト**
[te-ro-ri-su-to]
名 恐怖分子

♪316-08 **冷戦** [rei-se-n] 名 冷戰

♪316-09 **生物兵器**
[sei-bu-tsu-hei-ki]
名 生化武器

♪316-10 **戦争** [se-n-sou] 名 戰爭

♪316-11 **武器** [bu-ki] 名 武器

♪316-12 **邪教** [ja-kyou] 名 邪教

♪316-13 **地球温暖化**
[chi-kyuu-o-n-da-n-ka]
名 全球暖化

♪316-14 **氷河期** [hyou-ga-ki]
名 冰河時期

♪317-01 **～とは夢にも思いませんでした。**

做夢也沒想到～

♪317-02 あの人が死ぬとは夢にも思いませんでした。

（做夢也沒想到那個人會死掉。）

♪317-03 名門校に合格するとは夢にも思いませんでした。

（做夢也沒想到能考上好學校。）

♪317-04 運命の人に出会えるとは夢にも思いませんでした。

（做夢也沒想到能邂逅到真命天子。）

♪317-05 彼女と結婚できるとは夢にも思いませんでした。

（做夢也沒想到能跟她結婚。）

♪317-06 こんなに可愛い赤ちゃんが家に生まれるとは夢にも思いませんでした。

（做夢也沒想到我們家會生出這麼可愛的小寶寶。）

317

ユニット
102 擬聲副詞

猫がニャアニャア泣きます。
（貓喵喵叫。）

犬がワンワン吠えます。
（狗汪汪叫。）

用例句熟悉文法內容

自然界的聲音

☆ ♪318-01 雷がゴロゴロ鳴ります。（打雷轟轟響。）

☆ ♪318-02 雨がしとしと降ります。（雨靜靜地下。）

☆ ♪318-03 雲がふんわりと山の上に覆い被さっています。（雲朵輕柔地籠罩山頂。）

| 動物叫聲 |

★ ♪319-01 烏がカアカア鳴きます。（烏鴉嘎嘎叫。）

| 人的聲音 |

★ ♪319-02 テレビを見ている皆がゲラゲラ笑い転げました。

（看著電視的大家全都哈哈哈地笑翻了。）

★ ♪319-03 苛められた子どもがワーワー泣いています。

（被欺侮的孩子哇哇大哭。）

★ ♪319-04 あの人の困っている様子を見て、思わずくすっと笑ってしまいました。

（看到那個人傷腦筋的樣子，我忍不住噗哧一聲笑了出來。）

| 動作本身的聲音 |

★ ♪319-05 汽車がガタゴト走っていきます。

（火車鏗鏗吭吭地奔馳而去。）

★ ♪319-06 サトウキビ畑からガサガサ音がします。

（玉米田傳來沙沙聲。）

★ ♪319-07 ドアをトントンノックしました。

（咚咚地敲門。）

父は新しいソファーに座って、
ゆったりくつろいでいます。

（爸爸坐在新沙發上，悠悠哉哉地很放鬆。）

用例句熟悉文法內容

| 物體的性質狀態 |

★ ♪320-01 京都の金閣寺がピカピカ光っていました。

（京都的金閣寺當時好閃亮。）

★ ♪320-02 蒸し立ての肉まんがほかほかで美味しかっ
たです。 （剛蒸好的肉包子熱呼呼地，好好吃。）

★ ♪320-03 美人湯という温泉に入ると、お肌がつるつ
るになって嬉しいです。

（去泡了那個名喚美人湯的溫泉後，肌膚變得滑滑嫩嫩，
好開心。）

| 空間時間的性質狀態 |

★ ♪321-01 山道がくねくね曲がっています。
（山徑彎彎曲曲。）

★ ♪321-02 あの店は料理が美味しくないようで、食事時間になってもがらがらでした。
（那家店似乎菜色不好吃，到了用餐時間依然空蕩蕩。）

| 動作的狀態 |

★ ♪321-03 ベルが鳴ると、みんなさらさらと書き始めました。（鈴一響，大家便開始流暢地寫起來。）

★ ♪321-04 西瓜にさっくり包丁を入れます。
（手腳俐落地切西瓜。）

★ ♪321-05 山手線の電車がぐるぐる回っていて、面白いです。
（山手線的電車一直咕嚕嚕地轉圈圈，好好玩。）

| 人的動作、心理狀態及生理特徵 |

★ ♪321-06 赤ちゃんがにっこり笑います。（嬰兒微微笑。）

★ ♪321-07 怖くてわなわな震えます。（害怕到直打哆嗦。）

★ ♪321-08 授業中ついうとうとしてしまいました。
（上課上到昏昏欲睡。）

不可不知的關鍵句型

♪322-01 すみません、～への行き方を 教えてくださいませんか。

不好意思，可以請你告訴我～怎麼去嗎？

★ ♪322-02 すみません、東京駅への行き方を教えて くださいませんか。
（不好意思，可以請你告訴我東京車站怎麼去嗎？）

★ ♪322-03 すみません、成田空港への行き方を教え てくださいませんか。
（不好意思，可以請你告訴我成田機場怎麼去嗎？）

★ ♪322-04 すみません、ディズニーランドへの行き 方を教えてくださいませんか。
（不好意思，可以請你告訴我迪士尼樂園怎麼去嗎？）

★ ♪322-05 すみません、皇居への行き方を教えてく ださいませんか。
（不好意思，可以請你告訴我皇居怎麼去嗎？）

★ ♪322-06 すみません、上野公園への行き方を教え てくださいませんか。
（不好意思，可以請你告訴我上野公園怎麼去嗎？）

322

♪323-01 **〜中ですから、〜。**

因為正在〜，所以〜

★ ♪323-02 授業中ですから、おしゃべりしないでください。

（因為正在上課，所以請不要說話。）

★ ♪323-03 電話中ですから、後で掛け直してください。

（因為正在講電話，所以請稍候再打。）

★ ♪323-04 工事中ですから、ここを通らないでください。

（因為正在施工，所以請勿通行。）

★ ♪323-05 会議中ですから、出直してください。

（因為正在開會，所以請稍候再來。）

★ ♪323-06 勉強中ですから、邪魔しないでください。

（因為正在念書，所以請勿打擾。）

ユニット
104 認識接續詞

私_{わたし}は精一杯_{せいいっぱい}働_{はたら}きました。が、出世_{しゅっせ}できません。

接續詞，獨立存在，接續前後句

（我工作很拼。但是，無法升官。）

私_{わたし}は精一杯_{せいいっぱい}働_{はたら}きましたが、出世_{しゅっせ}できません。

接續助詞，依附於前句後，意義上承接後句

（我工作很拼，卻無法升官。）

文法解說

　　如本書ユニット 006 單元所述，接續詞屬自立語，本身具備獨自的語意，但它只能用來銜接單字、文節或句子，不能構句。

　　要提醒讀者，接續詞和前面單元介紹的接續助詞不同，雖整體句意一樣，但句子結構仍有所差異。

用例句熟悉文法內容

| 銜接單字 |

♪324-01 採用_{さいよう}の場合_{ばあい}、電話_{でんわ}または E メールでお知_しらせします。

324 （若是錄取，會打電話或是發電子郵件通知您。）

★ ♪325-01 **数学並びに英語は必修です。**

（數學以及英語是必修。）

| 銜接文節 |

★ ♪325-02 **陳さんは監督で、しかも俳優でした。**

（陳先生是導演，而且還是演員。）

★ ♪325-03 **風が吹いているし、それに雨も降っていました。**

（既刮風又下雨。）

| 銜接句子 |

★ ♪325-04 **食欲がありません。ですから、何も食べたくありません。**

（沒食慾。因此，什麼都不想吃。）

★ ♪325-05 **あなたは薫さんですか。それとも、香さんですか？**

（妳是阿薰？還是阿香？）

✪ 相關衍生字彙

♪325-06 **女優** [jo-yuu] 名 女演員

♪325-07 **声優** [sei-yuu] 名 配音員

♪325-08 **マネージャー** [ma-nee-jaa] 名 經紀人

♪325-09 **マスコミ** [ma-su-ko-mi] 名 媒體

ユニット 105 表示列舉的接續詞

あの人は面白いですが、また几
帳面な面もあります。

（那個人很風趣，但又有認真的一面。）

用例句熟悉文法內容

♪326-01 最近、香港及び香港についての関心が高まっ
　　　　　　衘接名詞及名詞

ています。

（近來，對於香港及其一切的關心度愈來愈高。）

♪326-02 教室での喫煙及び飲食は禁止されています。

（教室內禁止抽煙及飲食）

♪326-03 先生方並びにご来場の皆さま、本日は…。
　　　　　　衘接名詞及名詞，比「及び」更文言一些

（諸位老師及到場的各位，今天……。）

☆ ♪327-01 氏名並びにご住所をご記入ください。
（請填妥您的姓名及地址。）

☆ ♪327-02 夏目漱石は漢学者であり、また小説家でもあります。
衛接文節及文節、句子及句子
（夏目漱石是位漢學家，又是位小說家。）

☆ ♪327-03 必要かつ十分な条件が満たされない限り、…。
衛接單字及單字、文節和文節，不用於普通會話
（只要必要且充分的條分不被滿足，那……。）

☆ ♪327-04 あの人は怠慢であり、かつまた無責任であります。
衛接單字及單字、文節和文節，不用於普通會話
（那個人既鬆懈又不負責任。）

☆ ♪327-05 あの店は安くてなおかつものがいいです。
衛接單字及單字、文節和文節，不用於普通會話
（那家店便宜東西又好。）

🎀 相關衍生字彙

♪327-06 電話番号 [de-n-wa-ba-n-gou]
名 電話號碼

♪327-07 郵便番号 [yuu-bi-n-ba-n-gou]
名 郵遞區號

♪327-08 メールアドレス
[mee-ru-a-do-re-su]
名 電子信箱地址

♪327-09 届け先 [to-do-ke-sa-ki]
名 收件者

106 表示選擇的接續詞

日本に行こうか、それともアメリカに行こうかと、留学のことで悩んでいます。
（去日本？還是美國？留學事真傷腦筋。）

用例句熟悉文法內容

★ ♪328-01 マスターするには三年ないし（は）四年かか
  衛接名詞及名詞
  ります。（要精通，得花三或四年。）

★ ♪328-02 今夜は北ないし北東の風が吹く見込みです。
  （今晚可望吹北或東北風。）

★ ♪328-03 申し込みは日本語または英語でお願いします。
  衛接名詞及名詞、疑問句及疑問句
  （煩請用日語或英語報名。）

328

★ ♪329-01 電車で行くか、または車で行くか、
状況を見て決めましょう。

（視情況再決定要搭電車去還是開車去吧。）

★ ♪329-02 洋菓子か或いは和菓子か、どちらかを選んで
衡接名詞及名詞、疑問句及疑問句
いただきたいです。

（洋式點心或是和式點心，請您從中選擇一個。）

★ ♪329-03 薫さんにしようか、或いは香さんにしよう
かと迷っています。 （很煩惱該選阿薰還是阿香。）

★ ♪329-04 メールもしくはメッセージを以てお知らせ
衡接名詞及名詞、疑問句及疑問句，語氣上比上述兩字更加拘謹
します。 （我們會以電郵或訊息通知您。）

★ ♪329-05 合格するには、レポートを書くか、もしく
は試験を受けなければなりません。

（想及格，就得寫報告或者來考試。）

★ ♪329-06 ミルクティーになさいますか。それとも、
コーヒーになさいますか。
衡接疑問句及疑問句

（您要點奶茶？還是咖啡？）

🌟 相關衍生字彙

♪329-07 ケーキ [kee-ki] 名 蛋糕

♪329-08 チョコレート
[cho-ko-ree-to] 名 巧克力

♪329-09 のど飴 [no-do-a-me]
名 喉糖

♪329-10 金平糖 [ko-n-pei-tou]
名 星星糖

♪330-01 私は～くて～がいいです。

我想要既～又～的～

★ ♪330-02 私は甘くて酸っぱいジュースがいいです。

（我想要既甜又酸的果汁。）

★ ♪330-03 私は小さくて軽いパソコンがいいです。

（我想要既小又輕的電腦。）

★ ♪330-04 私は美味しくて安い料理がいいです。

（我想要既好吃又便宜的菜餚。）

★ ♪330-05 私は駅に近くて便利なアパートがいいです。

（我想要既離車站近又方便的公寓。）

★ ♪330-06 私は美しくて優しい彼女がいいです。

（我想要既美又溫柔的女友。）

不可不知的關鍵句型

♪331-01 すみません、これはどこの〜
ですか？

請問，這是哪裡的〜？

★ ♪331-02 すみません、これはどこのワインです
か？
（請問，這是哪裡釀的葡萄酒？）

★ ♪331-03 すみません、これはどこの時計です
か？
（請問，這是哪裡做的錶？）

★ ♪331-04 すみません、これはどこの靴ですか？
（請問，這是哪裡製的鞋？）

★ ♪331-05 すみません、これはどこのコンピュー
ターですか？
（請問，這是哪牌的電腦？）

★ ♪331-06 すみません、これはどこの鞄ですか？
（請問，這是哪裡做的包包？）

107 表示辯解的接續詞

もう帰ろうよ。だって、
暗くなってきたんだもの。

（回家好不好？都這麼暗了。）

用例句熟悉文法內容

♪332-01 先生：また授業に遅れましたね？

（老師：你又遲到了對吧？）

学生：でも、目覚まし時計が鳴らなかった
　　　　　　　　　　　　　　　　衛接句子及句子，女生常用

んです。

（學生：人家的鬧鐘沒響嘛～）

★ ♪333-01 母：例の癖がまた始まったのね？

（媽媽：你老毛病又犯啦？）

子：でも、わざとじゃないんだから。

（孩子：人家又不是故意的！）

★ ♪333-02 でも、俺は間違っていない！

（但是，我又沒錯！）

★ ♪333-03 先生：なぜ宿題をやらなかったんだ？

（老師：為何沒寫功課？）

生徒：だって、停電で暗くて何も書けな

銜接句子及句子，女生常用，比「でも」更為口語

かったんだもの。

（學生：那是因為停電，暗到什麼都沒辦法寫嘛～）

★ ♪333-04 とても間に合いません。だって、人手が足
りないからです。

（根本來不及。因為人手不夠嘛！）

🌟 相關衍生字彙

♪333-05 課題 [ka-da-i] 名 課題

♪333-06 問題 [mo-n-da-i] 名 問題

♪333-07 解答 [ka-i-tou] 名 解答

♪333-08 残業 [za-n-gyou] 名 加班

この近くは夜は静かです。だが、
昼間は賑やかになります。

（這附近晚上很靜。但是，白天就熱鬧滾滾。）

用例句熟悉文法內容

★ ♪334-01 担々麺もいいね。けど、チャーハンもいいね。
担々麺（たんたんめん）
衝接句子及句子，較偏向口語用法

（擔擔麵也不錯。不過，炒飯也很讚。）

★ ♪334-02 弟は痩せています。だけど、けっこう力があり
弟（おとうと）　痩（や）　力（ちから）
衝接句子及句子，較偏向口語用法

ます。

（弟弟瘦瘦的。但很有力氣。）

讓句子表達更加豐富

★ ♪335-01 先生のお宅に伺いました。ですけど、
衝接句子及句子，較偏向口語用法
いらっしゃいませんでした。

（去老師家拜訪了。但是，老師並不在。）

★ ♪335-02 先生は何度も説明しました。が、分かりま
衝接句子及句子，較偏向文言用法
せんでした。

（老師說明了好幾次。但，沒聽懂。）

★ ♪335-03 姉の薫さんは勉強家です。が、妹の香さん
はゲームばかりしています。

（姊姊阿薫好讀書。但，妹妹阿香卻只顧著打電玩。）

★ ♪335-04 絶対に勝つと約束しました。だが、負けて
衝接句子及句子，較偏向文言用法，若用於會話則屬於男性用語
しまいました。

（答應我一定會贏的。但是，卻輸掉了）

相關衍生字彙

♪335-05 誓います [chi-ka-i-ma-su]
動 發誓

♪335-06 保証 [ho-syou] 名 保證

♪335-07 必ず [ka-na-ra-zu] 副 一定

♪335-08 守ります [ma-mo-ri-ma-su]
動 保護

♪336-01 一人<ruby>人<rt>ひとり</rt></ruby>ではなかなか〜ません。

我一個人無法〜

★ ♪336-02 一人ではなかなか<ruby>持<rt>も</rt></ruby>てません。
（我一個人拿不動。）

★ ♪336-03 一人ではなかなか<ruby>行<rt>い</rt></ruby>けません。
（我一個人去不了。）

★ ♪336-04 一人ではなかなけ<ruby>読<rt>よ</rt></ruby>めません。
（我一個人看不懂。）

★ ♪336-05 一人ではなかなか**でき**ません。
（我一個人做不來。）

★ ♪336-06 一人ではなかなか<ruby>書<rt>か</rt></ruby>けません。
（我一個人寫不出來。）

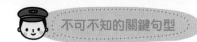 不可不知的關鍵句型

♪337-01 # あのう、この近くに〜ってありますか？

請問這附近有沒有〜？

★ ♪337-02 あのう、この近くに**コンビニ**ってありますか？

（請問這附近有沒有便利商店？）

★ ♪337-03 あのう、この近くに**スーパー**ってありますか？

（請問這附近有沒有超市？）

★ ♪337-04 あのう、この近くに**薬屋**ってありますか？

（請問這附近有沒有藥局？）

★ ♪337-05 あのう、この近くに**電気屋**ってありますか？

（請問這附近有沒有電器行？）

★ ♪337-06 あのう、この近くに**郵便局**ってありますか？

（請問這附近有沒有郵局？）

この間はどうもありがとうございました。
時に、新入社員について何か知っていますか？

（前陣子謝謝您了。對了，您曉得新進員工的事嗎？）

用例句熟悉文法內容

★ ♪338-01 店員：これなんかいかがですか？

（店員：您覺得這個怎麼樣？）

客：悪くないわね。では、それをください。

衛接句子及句子

（客人：不錯耶。那，我就買那個。）

♪338-02 先生：何か質問はありませんか？

それでは、今日はこれで終わります。

衛接句子及句子

（老師：有沒有問題？那麼，今天就上到這兒！）

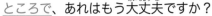

★ ♪339-01 仕事がやっと終わりました。
<u>ところで</u>、あれはもう大丈夫ですか？
衛接句子及句子，用於前後句完全無關，單純開啟新話題時
（總算下班了。對了，那個已經沒問題了吧？）

★ ♪339-02 だんだん寒くなりましたね。ところで、この間の件はどうでしたか？
（愈來愈冷了耶。對了，之前那件事怎麼樣了？）

★ ♪339-03 いろいろと大変ですね。時に、お見合いは
衛接句子及句子，用於前後句完全無
關，單純開啟新話題時，只用於會話
うまくいきましたか？
（真是一刻不得閒呢。對了，你相親相得如何？）

★ ♪339-04 先生の説明をお聞きしたところで、<u>さて</u>実際
に作ってみましょう。　衛接文節及文節、句子及句子
（聽過老師的說明後，那我們來實際做做看吧！）

★ ♪339-05 今日はこれで終わりましょう。さて、来週
のテストですけど、…。
（今天就上到這兒。且說，下週的考試……）

🌸 相關衍生字彙

♪339-06 デート [dee-to] 名 約會
♪339-07 相手 [a-i-te] 名 對象

♪339-08 合コン [gou-ko-n]
名 聯誼

♪339-09 飲み会 [no-mi-ka-i]
名 喝酒的聚會

 電子產品

♪340-01 **プレイヤー**
[pu-re-i-yaa] 名 播放器

♪340-02 **イヤホン** [i-ya-ho-n]
名 耳機

♪340-03 **オーバーイヤー ヘッドホン**
[oo-baa-i-yaa-he-ddo-ho-n]
名 耳罩式耳機

♪340-04 **ホームシアター**
[hoo-mu-shi-a-taa]
名 家庭劇院音響

♪340-05 **スピーカー**
[su-pii-kaa] 名 喇叭

♪340-06 **パソコン** [pa-so-ko-n]
名 電腦

♪340-07 炊飯器 [su-i-ha-n-ki]
名 電子鍋

♪340-08 **エアコン** [e-a-ko-n]
名 空調

♪340-09 冷蔵庫 [rei-zou-ko]
名 冰箱

♪340-10 温水洗浄便座
[o-n-su-i-se-n-jou-be-n-za]
名 免治馬桶座

♪340-11 **ヘアドライヤー**
[he-a-do-ra-i-yaa]
名 吹風機

♪340-12 空気清浄器
[kuu-ki-sei-jou-ki]
名 空氣清淨機

♪340-13 除湿機 [jo-shi-tsu-ki]
名 除濕機

♪341-01 **〜なら、〜がおすすめです。**

〜的話，我推薦〜

★ ♪341-02 **スマホなら、iPhone がおすすめです。**
（智慧型手機的話，我推薦 **iPhone**。）

★ ♪341-03 **パソコンなら、HP がおすすめです。**
（電腦的話，我推薦 **HP**。）

★ ♪341-04 **飲み物なら、タピオカミルクティーがおすすめです。**
（飲料的話，我推薦珍奶。）

★ ♪341-05 **台湾料理なら、チャーハンがおすすめです。**
（台菜的話，我推薦炒飯。）

★ ♪341-06 **紅葉なら、日光がおすすめです。**
（楓葉的話，我推薦日光。）

ユニット

110 表示條件累加的接續詞

> ありがとう。

先日はご馳走になりました。また本日はお土産をいただき、本当にありがとうございました。

（前陣子讓您請吃飯。今天又收到您的伴手禮，真的謝謝您。）

用例句熟悉文法內容

★ ♪342-01 教室には椅子と机、それに黒板が残されました。
衝接名詞及名詞、文節及文節，句子及句子，用於漸次地加上類似的東西或情況，較偏口語
（教室裡還留有椅子、桌子還有黑板。）

★ ♪342-02 城崎さんは可愛いです。それに、親切です。
（城崎同學很可愛。而且，還很親切。）

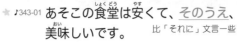

★ ♪343-01 あそこの食堂は安くて、そのうえ、美味しいです。

比「それに」文言一些

（那間小吃店便宜又好吃。）

★ ♪343-02 父は最近足が弱ってきました。そのうえ、耳も遠くなりました。

（爸爸近來愈來愈不勝腳力了。而且愈來愈重聽。）

★ ♪343-03 新しい家は広くて、風通しがよくてしかも学校にも近いです。

比「そのうえ」文言一些

（新房子大、通風好離學校又近。）

★ ♪343-04 背が高くて、お金持ちでしかもハンサムだとなれば、結婚したがる女性は多いでしょう。

（若是高、富、帥的話，想跟他結婚的女性會很多吧？）

★ ♪343-05 風間君は頭がよく、また勉強好きな幼稚園児です。

口語文言皆可用

（風間是個聰明又愛念書的幼稚園兒童。）

🪄 相關衍生字彙

♪343-06 中学生 [chuu-ga-ku-sei]
  名 國中生

♪343-07 女子高生 [jo-shi-kou-sei]
  名 女高中生

♪343-08 男子高生 [da-n-shi-kou-sei]
  名 男高中生

♪343-09 大学生 [da-i-ga-ku-sei]
  名 大學生

パート **6**

讓句子表達更加豐富

343

 **身體不舒服的症狀**

♪344-01 <ruby>熱<rt>ねつ</rt></ruby>があります
[ne-tsu-ga-a-ri-ma-su]
動 發燒

♪344-02 くしゃみをします
[ku-sya-mi-wo-shi-ma-su]
動 打噴嚏

♪344-03 <ruby>鼻水<rt>はな みず</rt></ruby>が<ruby>出<rt>で</rt></ruby>ます
[ha-na-mi-zu-ga-de-ma-su]
動 流鼻水

♪344-04 <ruby>吐<rt>は</rt></ruby>き<ruby>気<rt>け</rt></ruby>がします
[ha-ki-ke-ga-shi-ma-su]
動 噁心、想吐

♪344-05 <ruby>下痢<rt>げ り</rt></ruby>します
[ge-ri-shi-ma-su]
動 拉肚子

♪344-06 めまいがします
[me-ma-i-ga-shi-ma-su]
動 頭暈

♪344-07 <ruby>肌<rt>はだ</rt></ruby>がかゆい
[ha-da-ga-ka-yu-i]
片 皮膚癢

🎗 常見的病痛

♪344-08 <ruby>肩<rt>かた</rt></ruby>こり [ka-ta-ko-ri]
名 肩頸僵硬

♪344-09 アレルギー [a-re-ru-gii]
名 過敏

♪344-10 <ruby>貧血<rt>ひん けつ</rt></ruby> [hi-n-ke-tsu] **名** 貧血

♪344-11 <ruby>胃腸炎<rt>い ちょうえん</rt></ruby> [i-chou-e-n] **名** 腸胃炎

♪344-12 <ruby>花粉症<rt>か ふんしょう</rt></ruby> [ka-ta-ko-ri] **名** 花粉症

🎗 慢性病要小心

♪344-13 <ruby>心臓病<rt>しん ぞうびょう</rt></ruby> [shi-n-zou-byou]
名 心臟病

♪344-14 <ruby>糖尿病<rt>とうにょうびょう</rt></ruby> [tou-nyou-byou]
名 糖尿病

♪344-15 <ruby>高血圧<rt>こう けつ あつ</rt></ruby> [kou-ke-tsu-a-tsu]
名 高血壓

♪344-16 <ruby>関節炎<rt>かん せつ えん</rt></ruby> [ka-n-se-tsu-e-n]
名 關節炎

 不可不知的關鍵句型

♪345-01 〜に限（かぎ）って、〜。

唯有〜，只有〜

★ ♪345-02 うちの子（こ）に限（かぎ）って、そんなひどいこと をするわけがありません。

（唯有我家的孩子不可能做出那麼過份的事。）

★ ♪345-03 彼（かれ）は試験（しけん）がある日（ひ）に限（かぎ）って、学校（がっこう）をサ ボります。

（他唯有在考試時才翹課。）

★ ♪345-04 努力（どりょく）しない人（ひと）に限（かぎ）って、いつも人（ひと）のせ いにします。

（唯有不努力的人才老是怪別人。）

★ ♪345-05 この果物（くだもの）は秋（あき）に限（かぎ）って食（た）べられます。

（這種水果唯有秋天吃得到。）

★ ♪345-06 幼馴染（おさななじみ）の彼（かれ）に限（かぎ）って、私（わたし）を見捨（みす）てるは ずがありません。

（唯有青梅竹馬的他不可能棄我而去。）

345

111 表示連續情況及動作的接續詞

久しぶりに友達に会いました。そうして、
コーヒーを飲みながら色々話しました。

（和朋友久別重逢。然後我們邊喝咖啡聊了很多）

用例句熟悉文法內容

♪346-01 寒いし、それに雨も降りそうですから、

衝接名詞及名詞、文節及文節、句子及句子，可理解
翻譯成「而且～、再加上～」，常用於口語會話中

外出は止めたほうがいいです。

（既冷，再加上一副下雨的樣子，所以最好別出門！）

♪346-02 彼女は文武両道です。それに、優しいです。

（她允文允武。而且還很溫柔體貼。）

346

★ ♪347-01 あの人は明るくて、そして前向きな人です。

衛接名詞及名詞、文節及文節、句子及句子，主要用於單純連接
述內容，較偏口語，可理解翻譯成「而且～、而又～、然後～」

（那個人是個開朗且又積極的人。）

★ ♪347-02 私の部屋にはパソコン、勉強机、それから

衛接名詞及名詞、文節及文節、句子及句子，
主要用於強調動作先後次序，口語文言皆可用

水槽もあります。

（我房間裡有電腦、書桌然後還有個水族箱。）

★ ♪347-03 スーパーで買い物して、それからパチンコ
をして家へ帰りました。

（在超市買東西，然後打一下小鋼珠就回家了。）

✿☆ 相關衍生字彙

♪347-04 魚 [sa-ka-na] 名 魚

♪347-05 タコ [ta-ko] 名 章魚

♪347-06 イルカ [i-ru-ka] 名 海豚

♪347-07 サメ [sa-me] 名 鯊魚

♪347-08 エビ [e-bi] 名 蝦子

♪347-09 アサリ [a-sa-ri] 名 蛤蜊

 **房間裡有的家具**

♪348-01 棚 [ta-na] 名 櫥子

♪348-02 机 [tsu-ku-e] 名 桌子

♪348-03 椅子 [i-su] 名 椅子

♪348-04 障子戸 [syou-ji-do]
名 日式拉門

♪348-05 畳 [ta-ta-mi] 名 榻榻米

♪348-06 本棚 [ho-n-da-na]
名 書櫃

♪348-07 電気スタンド
[de-n-ki-su-ta-n-do]
名 檯燈

♪348-08 カーテン [kaa-te-n]
名 窗簾

♪348-09 時計 [to-kei] 名 時鐘

⭐⭐ **常見的裝飾品**

♪348-10 壁紙 [ka-ba-ga-mi] 名 壁紙

♪348-11 絨毯 [juu-ta-n] 名 地毯

♪348-12 シャンデリア
[sya-n-de-ri-a] 名 吊燈

♪348-13 ポスター [po-su-taa]
名 海報

♪348-14 壁掛けカレンダー
[ka-be-ka-ke-re-n-daa] 名 掛曆

♪348-15 風鈴 [fuu-ri-n] 名 風鈴

 不可不知的關鍵句型

♪349-01 **～で失くしたと思います。**

我想是在～弄丟的。

★ ♪349-02 **改札口で失くしたと思います。**

（我想是在剪票口弄丟的。）

★ ♪349-03 **電車の中で失くしたと思います。**

（我想是在電車裡弄丟的。）

★ ♪349-04 **バスの中で失くしたと思います。**

（我想是在公車裡弄丟的。）

★ ♪349-05 **トイレで失くしたと思います。**

（我想是在洗手間弄丟的。）

★ ♪349-06 **ホテルで失くしたと思います。**

（我想是在飯店弄丟的。）

ユニット
112 表示前後矛盾的接續詞

一生懸命勉強しました。が、
成績は少しもよくなりません。

（拼了命地念書。但，成績卻不見起色。）

用例句熟悉文法內容

♪350-01 寒いからオーバーを着たけど、でもまだ寒い。

銜接文節及文節、句子及句子，偏口語，女生較為常用

（感到冷才穿大衣的，但還是很冷。）

♪350-02 政府に不満を感じている国民もいます。それでも、選挙ともなると、与党に一票を投じます。

（人民對政府感到不滿。儘管如此，一到選舉的時候還是會把一票投給執政黨。）

♪350-03 素晴らしい提案ですね。しかし、実現は難

銜接句子及句子，口語文言皆可用

しいです。（很棒的提案。但是，要落實很困難。）

350

★ ♪351-01 明日は日曜日です。けど、残業で
衛接句子及句子，口語文言皆可用
会社へ行かなければなりません。
（明天是週日。但，卻得到公司加班。）

★ ♪351-02 ぐんぐん冷えてきました。けれども、彼は
衛接句子及句子，口語文言皆可用
コートを着ません。
（一下子冷了許多。但是，他卻不穿外套。）

★ ♪351-03 冬に入りました。が、まだ暑いです。
衛接句子及句子，偏文言，用於會話則顯得嚴肅
（入冬了。卻還很熱。）

★ ♪351-04 息子が大企業に入りました。
だが、私はちっとも嬉しくないです。
衛接句子及句子，偏文言，用於會話則屬男性用語
（兒子考進大企業了。然而，我卻一點也高興不起來。）

★ ♪351-05 生徒が謝りました。ですが、私は許してあ
衛接句子及句子，偏文言，用於會話則屬男性用語
げませんでした。
（學生道歉了。然而，我並沒有原諒他。）

🌸 相關衍生字彙

♪351-06 内閣 [na-i-ka-ku] 名 內閣

♪351-07 首相 [syu-syou] 名 首相

♪351-08 当選 [tou-se-n] 名 當選

♪351-09 落選 [ra-ku-se-n] 名 落選

-- 165cm

60kg

体重増やしを始めて一か月になります。
ところが、増えた体重はわずか一キロ
だけです。

（開始增重已快一個月。但是，卻只增加一公斤。）

用例句熟悉文法內容

★ ♪352-01 天気予報では今日は晴れると言っていまし
た。ところが、雨が降り出しました。

銜接句子及句子，用於前後句出乎意料或不符期待
（氣象報導說今天會放晴。但是，卻下起雨來。）

♪353-01 万事まるく収まるはずでした。ところが、とんでもないことになりました。

（照理說應該萬事如意的。但是，卻事事出乎意料。）

♪353-02 彼のことを考えて色々注意しました。ところが、かえって恨まれてしまいました。

（為了他著想而處處提醒。但是，他卻反而恨起我來。）

♪353-03 今度は勝つだろうと思って試合をしてみました。ところが、やはり負けてしまいました。

（原本想說這次會贏而去比賽。但是，果然還是輸了。）

🎀 相關衍生字彙

♪353-04 お天気アナウンサー
[o-te-n-ki-a-na-u-n-saa]
🔹 氣象播報員

♪353-05 降水確率 [kou-su-i-ka-ku-ri-tsu]
🔹 降雨機率

♪353-06 気温 [ki-o-n] 🔹 氣溫

♪353-07 紫外線 [shi-ga-i-se-n]
🔹 紫外線

♪354-01 〜は〜番にかけてください。

〜請打〜

- ⭐ ♪354-02 警察は１１０番にかけてください。
  （報警請打 **110**。）

- ⭐ ♪354-03 救急車は１１９番にかけてください。
  （救護車請打 **119**。）

- ⭐ ♪354-04 時報は１１７番にかけてください。
  （報時請打 **117**。）

- ⭐ ♪354-05 天気予報は１６６番にかけてください。
  （氣象局請打 **166**。）

- ⭐ ♪354-06 お問い合わせは１０４番にかけてください。
  （查號請打 **104**。）

不可不知的關鍵句型

♪355-01 **一日に~、~に飲みます。**

一天~次，~服用

★ ♪355-02 **一日に一回、食後に飲みます。**

（一天一次，餐後服用。）

★ ♪355-03 **一日に二回、食間に飲みます。**

（一天二次，餐間服用。）

★ ♪355-04 **一日に三回、食前に飲みます。**

（一天三次，餐前服用。）

★ ♪355-05 **一日に四回、二時間おきに飲みます。**

（一天四次，每隔二小時服用。）

★ ♪355-06 **一日に一回、寝る前に飲みます。**

（一天一次，睡前服用。）

114 表示因果關係的接續詞

あの山は非常に険しいです。従って、登山
初心者は避けたほうがいいと思われます。
（那座山非常險峻。因此，我認為登山菜鳥最好別去。）

用例句熟悉文法內容

♪356-01 事故があった。だから、会社に遅れてし

衛接句子及句子，用於前句表示原因、理由
或根據，後句歸結其引導出的結果

まった。

（發生意外了。因此，我才上班遲到。）

♪356-02 時間がありません。ですから、急いでもら

同「だから」

えませんか？

（沒時間了。因此，可以請你快點嗎？）

356

♪357-01 お<ruby>金<rt>かね</rt></ruby>が<ruby>足<rt>た</rt></ruby>りませんでした。それで、

衛接句子及句子，用於強調原因理由

<ruby>何<rt>なに</rt></ruby>も<ruby>買<rt>か</rt></ruby>わずに<ruby>帰<rt>かえ</rt></ruby>ってきました。

（當時錢不夠。因此，什麼都沒買就回來了。）

♪357-02 <ruby>幼<rt>おさな</rt></ruby>い<ruby>頃<rt>ころ</rt></ruby>、お<ruby>化<rt>ば</rt></ruby>け<ruby>屋敷<rt>やしき</rt></ruby>で<ruby>怖<rt>こわ</rt></ruby>い<ruby>思<rt>おも</rt></ruby>いをしました。
それで、<ruby>肝試<rt>きもだめ</rt></ruby>しが<ruby>楽<rt>たの</rt></ruby>しめません。

（小時候在鬼屋被嚇到。因此，我無法享受試膽遊戲的樂趣。）

♪357-03 <ruby>駅<rt>えき</rt></ruby>の<ruby>周辺<rt>しゅうへん</rt></ruby>は<ruby>非常<rt>ひじょう</rt></ruby>に<ruby>交通<rt>こうつう</rt></ruby>が<ruby>便利<rt>べんり</rt></ruby>です。
<ruby>従<rt>したが</rt></ruby>って、<ruby>近<rt>ちか</rt></ruby>くの<ruby>地価<rt>ちか</rt></ruby>も<ruby>高<rt>たか</rt></ruby>いです。

衛接句子及句子，用於前句的原因理論性地導出後句的結果，屬文言用法

（車站周邊交通非常方便。因此，附近的地價也居高不下。）

🌟 **相關衍生字彙**

♪357-04 **ジェットコースター**
[je-tto-koo-su-taa]
名 雲霄飛車

♪357-05 <ruby>観覧車<rt>かんらんしゃ</rt></ruby> [ka-n-ra-n-sya]
名 摩天輪

♪357-06 **メリーゴーラウンド** [me-rii-goo-ra-u-n-do]
名 旋轉木馬

♪357-07 **バンパーカー**
[ba-n-paa-kaa] 名 碰碰車

ユニット
115 表示補充說明的接續詞

品質はなかなかいいですが、ただ
値段がちょっと高いです。

（品質很不錯。只不過價格有點貴。）

用例句熟悉文法內容

★ ♪358-01 母：それなら、遊びに行ってもいいですよ。
ただ、遠くには行かないでね。

衛接文節及文節、句子及句子，用於在承認前句下用後句補充例外、
條件或可能產生的問題

（媽媽：那樣的話可以去玩囉！不過，別跑太遠哦！）

★ ♪358-02 ボランティア募集。ただし、二十歳以上の方。

衛接句子及句子，比「ただ」文言一些

（招募義工。但僅限滿二十歲的成人。）

♪359-01 **会員募集。ただし、未就学児童は除く。**
かいいんぼしゅう のぞ　みしゅうがくじどう

（招募會員。但未就學兒童除外。）

♪359-02 **来月の第一日曜日に説明会をする予定です。なお、詳しくはメールを以てお知らせします。**
らいげつ　だいいちにちようび　せつめいかい　よてい　くわ　もっ

衛接句子及句子，用於在前句內容不變的情況下用後句補充說明

（下個月第一個週日預計要辦說明會。另外，細則會以電郵通知。）

♪359-03 **毎日午後開演。なお、入場は無料。**
まいにちごごかいえん　にゅうじょう　むりょう

（每天下午開演。另外，免費入場。）

🌸 相關衍生字彙

♪359-04 **バイト** [ba-i-to] 名 打工

♪359-05 **会社員** [ka-i-sya-i-n]
かいしゃいん
名 上班族

♪359-06 **社長** [sya-chou] 名 社長
しゃちょう

♪359-07 **部長** [bu-chou] 名 部長
ぶちょう

♪359-08 **就職** [syuu-syo-ku]
しゅうしょく
名 就業

♪359-09 **ボーナス** [boo-na-su]
名 獎金

359

不可不知的關鍵句型

♪360-01 お土産には〜がいいですよ。
〜から。

伴手禮，〜不錯。因為〜

★ ♪360-02 お土産にはパイナップルケーキがいい
ですよ。名産品ですから。

（伴手禮，鳳梨酥不錯。因為是名產。）

★ ♪360-03 お土産にはブレスレットがいいです
よ。人気がありますから。

（伴手禮，手鏈不錯。因為很受歡迎。）

★ ♪360-04 お土産にはドライフルーツがいいです
よ。日本にはありませんから。

（伴手禮，蜜餞不錯。因為日本沒有。）

★ ♪360-05 お土産にはストラップがいいですよ。
可愛いですから。

（伴手禮，手機吊飾不錯。因為很可愛。）

★ ♪360-06 お土産には時計がいいですよ。実用的
ですから。

（伴手禮，手錶不錯。因為很實用。）

360

♪361-01 **この店は〜がいいです。**

這家店的〜不錯。

★ ♪361-02 この店は**音楽**がいいです。
（這家店的音樂不錯。）

★ ♪361-03 この店は**雰囲気**がいいです。
（這家店的氣氛不錯。）

★ ♪361-04 この店は**サービス**がいいです。
（這家店的服務不錯。）

★ ♪361-05 この店は**内装**がいいです。
（這家店的裝潢不錯。）

★ ♪361-06 この店は**眺め**がいいです。
（這家店的風景不錯。）

116 認識連體詞

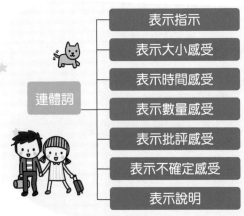

連體詞 ─┬─ 表示指示
　　　　├─ 表示大小感受
　　　　├─ 表示時間感受
　　　　├─ 表示數量感受
　　　　├─ 表示批評感受
　　　　├─ 表示不確定感受
　　　　└─ 表示說明

文法解說

　　如本書ユニット 006 單元所述，接續詞屬自立語，本身具備獨自的語意，但它既不能當主語，也不能當述語，更沒有變化，唯一的功能就是修飾名詞。現代口語日語當中的連體詞數量極少，本書大致分成：

表示指示的連體詞：この、その、あの、どの、わが
表示大小感受的連體詞：大きな、小さな
表示時間感受的連體詞：明くる、去る、来る
表示數量感受的連體詞：ほんの、たった、あらゆる
表示批評感受的連體詞：おかしな、とんだ、ありふれた、大した

表示不確定感受的連體詞：ある
表示說明的連體詞：いわゆる

用例句熟悉文法內容

★ ♪363-01 大した怪我じゃありませんから、心配しないでください。
（沒什麼大不了的傷，別擔心。）

☆ ♪363-02 それはとんだ災難でしたね。
（那真是意外之災呢！）

★ ♪363-03 目に入ったのはありふれたものだけでした。だから、買わないで帰ってきました。
（映入眼簾的都只是常見的東西。所以沒買就回來了。）

★ ♪363-04 あらゆる点で彼らは勝つべきです。
（就各方面來看他們都該贏。）

⭐ 相關衍生字彙

♪363-05 青あざ [a-o-a-za] 名 瘀青

♪363-06 頭が痛い [a-ta-ma-ga-i-ta-i] 片 頭痛

♪363-07 骨折 [ko-sse-tsu] 名 骨折

♪363-08 貧血 [hi-n-ke-tsu] 名 貧血

♪363-09 腫れます [ha-re-ma-su] 動 腫脹

♪363-10 絆創膏 [ba-n-sou-kou] 名 OK繃

363

117 表示指示的連體詞

指示連體詞：

この	その
あの	どの

わが

用例句熟悉文法內容

| この |

★ ♪364-01 この ペンは私のです。（這支筆是我的。）
　　　　　空間感：指距離說話者近的物品

★ ♪364-02 彼は食べ放題のレストランに行くと、
　　　　　この時とばかりにたくさん食べます。
　　　　　時間感：指某情況的具體時間點
　　　　　（他一旦去吃到飽餐廳，唯有在這個時候才會吃很多。）

| その |

★ ♪364-03 その本はいくらですか？（你那本書多少錢？）
　　　　　空間感：指距離聽話者近的物品

★ ♪364-04 昨年、台湾に行きました。その時…。
　　　　　時間感：指無關過去或未來，能成為話題的時間點
　　　　　（我去年去了台灣。當時……）

| あの |

★ ♪365-01 あの建物は何ですか？（那棟建築物是什麼？）
空間感：指距離對話雙方都很遠的物品

★ ♪365-02 あの頃は楽しかったですね。
時間感：指對話雙方共同經歷過的某時間點
（那個時候真是開心啊！）

| どの |

★ ♪365-03 すみません、東京駅はどのへんですか？
空間感：指未知的物品、地點等
（請問，東京車站在哪一帶？）

★ ♪365-04 あなたはどの時間帯を希望しますか？
時間感：指未知的時間點
（您希望哪個時段？）

| わが |

★ ♪365-05 これはわが社の自慢の製品です。
通常可理解及翻譯成「我的～、我們的～」
（這是敝公司引以為傲的產品。）

★ ♪365-06 わがチームのために頑張ろう！
（為我們隊拼了！）

🎀 相關衍生字彙

♪365-07 飲み放題 [no-mi-hou-da-i]
　　名 飲料喝到飽

♪365-08 セット [se-tto] 名 套餐

♪365-09 定食 [te-i-syo-ku]
　　名 日式套餐

♪365-10 デザート [de-zaa-to]
　　名 甜點

パート
6

讓句子表達更加豐富

365

あの人の言葉がこの小さな心を
傷つけました。
（那個人講的話傷害了我這幼小的心靈。）

文法解説

大きな：大的，和形容詞「大きい」意義相同，但語感上較偏文
　　　　學性表達方式。

小さな：小的，和形容詞「小さい」意義相同，但語感上較偏文
　　　　學性表達方式。

366

用例句熟悉文法內容

★ ♪367-01 我々は今、人生の大きな舞台に立っています。

（我們現在正站在人生這個大舞台上。）

★ ♪367-02 校庭に大きな木があります。

（校園裡有棵巨木。）

★ ♪367-03 ナイチンゲールに憧れています。看護師になるのは私の小さな夢です。

（我一直很嚮往南丁格爾。當護理師是我小小的夢想。）

★ ♪367-04 玉ちゃんは小さな時からの友達です。

（小玉是我小時候就認識的朋友。）

✿ 相關衍生字彙

♪367-05 羨ましい [u-ra-ya-ma-shii]
形 令人羨慕的

♪367-06 嫉妬 [shi-tto] 名 忌妒

♪367-07 妄想 [mou-sou] 名 妄想

♪367-08 目指します
[me-za-shi-ma-su]
動 以……為目標

ユニット 119 表示時間感受的連體詞

台湾に着いたのはちょうどその
明くる日です。

（剛好就在當日隔天到達台灣。）

文法解說

明くる：所修飾的名詞都得是時間名詞，可理解翻譯成「隔～、
次～」。慣用的有「明くる日（隔日）」、「明くる朝（隔
天早上）」、「明くる年（隔年）」。

去る：所修飾的名詞都得是時間名詞，可理解翻譯成「過去
的～」。

来る：所修飾的名詞都得是時間名詞，可理解翻譯成「即將到來
的～」。

用例句熟悉文法內容

★ ♪369-01 それで明くる朝暗いうちから起きて、…。

（因此我在隔天早上摸黑起床，…）

★ ♪369-02 父は去る六月に定年退職しました。

（家父已於六月退休。）

★ ♪369-03 先生は去る二十四日に国へ帰りました。

（老師已於二十四日回國。）

★ ♪369-04 社員旅行は来る週末にします。

（員工旅遊定於這週末。）

★ ♪369-05 来る七日に試験をします。

（將在七號考試。）

相關衍生字彙

♪369-06 出張 [syu-cchou] 名 出差

♪369-07 退職金 [ta-i-syo-ku-ki-n] 名 退休金

♪369-08 退職届 [ta-i-syo-ku-to-do-ke] 名 辭職信

♪369-09 失業 [shi-tsu-gyou] 名 失業

♪370-01 この薬は〜に効きます。

這種藥專治〜

★ ♪370-02 この薬は頭痛に効きます。
（這種藥專治頭痛。）

★ ♪370-03 この薬は風邪に効きます。
（這種藥專治感冒。）

★ ♪370-04 この薬は疲労に効きます。
（這種藥專治疲勞。）

★ ♪370-05 この薬は冷え性に効きます。
（這種藥專治手腳冰冷。）

★ ♪370-06 この薬は不眠症に効きます。
（這種藥專治失眠。）

♪371-01 私は〜にします。

我決定要〜

★ ♪371-02 私はこれにします。

（我要挑這個。）

★ ♪371-03 私はラーメンにします。

（我要點拉麵。）

★ ♪371-04 私は全身コースにします。

（我要選全身療程。）

★ ♪371-05 私は結婚することにします。

（我決定要結婚。）

★ ♪371-06 私は会社を辞めることにします。

（我決定要辭掉工作。）

たった（の）百円で手に入れました。
（僅僅一百元就買到了。）

文法解説

ほんの：通常用於程度、數量、時間的「偏少」。

たった：通常用於數量、時間的「偏少」，「たったの＋名詞」
的形態也很常用。

あらゆる：用於涵蓋所有未限定範圍，表示毫無例外，若是已限
定則只能用「すべての」。

用例句熟悉文法內容

パート
6

讓句子表達更加豐富

★ ♪373-01 これは、ほんの気持ちです。どうぞ。

（這是我一點小心意，請笑納。）

★ ♪373-02 ほんの二、三分で終わりますから、もうちょっと待ってください。

（再兩、三分鐘就結束了，請再等一下。）

★ ♪373-03 たった一点の差で希望校に落ちました。

（僅僅一分差沒考上志願學校。）

★ ♪373-04 あらゆる方法を試みましたが、駄目でした。

（試過所有的方法，但都行不通。）

⭐ 相關衍生字彙

♪373-05 入学式 [nyuu-ga-ku-shi-ki]
名 開學典禮

♪373-06 転校 [te-n-ga-kou] 名 轉學

♪373-07 学力偏差値
[ga-ku-ryo-ku-he-n-sa-chi]
名 學力偏差值

♪373-08 卒業 [so-tsu-gyou]
名 畢業

373

 便利商店什麼都有

♪374-01 お握り [o-ni-gi-ri]
にぎ
名 飯糰

♪374-02 弁当 [be-n-tou]
べん とう
名 便當

♪374-03 ミネラルウォーター
[mi-ne-ra-ru-whoo-taa]
名 瓶裝水

♪374-04 カップ麺 [ka-ppu-me-n]
めん
名 泡麵

♪374-05 新聞 [shi-n-bu-n] 名 報紙
しん ぶん

♪374-06 雑誌 [za-sshi] 名 雑誌
ざっ し

♪374-07 タバコ [ta-ba-ko]
名 香菸

♪374-08 スナック [su-na-ku-su]
名 零食

♪374-09 アイス [a-i-su] 名 冰

♪374-10 チャーイエダン
[chaa-i-e-da-n] 名 茶葉蛋

♪374-11 肉まん [ni-ku-ma-n]
にく
名 肉包

♪374-12 ＡＴＭ [ee-thi-e-mu]
名 自動櫃員機

♪374-13 ポイントカード
[po-i-n-to-kaa-do]
名 集點卡

⭐ 日本常見的便利商店

♪374-14 ローソン [roo-so-n]
名 Lawson

♪374-15 ファミリーマート
[fa-mi-rii-maa-to] 名 全家

♪374-16 セブンイレブン
[se-bu-n-i-re-bu-n] 名 7-11

♪375-01 ～、お持ちですか？

您有～嗎？

★ ♪375-02 **ポイントカード、お持ちですか？**

（您有集點卡嗎？）

★ ♪375-03 **卒業証書、お持ちですか？**

（您有畢業證書嗎？）

★ ♪375-04 **免許、お持ちですか？**

（您有駕照嗎？）

★ ♪375-05 **証明写真、お持ちですか？**

（您有大頭照嗎？）

★ ♪375-06 **お金、お持ちですか？**

（您有帶錢嗎？）

あのおかしな恰好をしている人
は誰ですか？

（那個打扮怪異的人是誰啊？）

文法解說

おかしな：常用於偏負面評價，可理解翻譯成「奇怪的～」。

とんだ：常用於始料未及的事態釀成不好結果，可理解翻譯成「沒
　　　　料到的～」。

ありふれた：常用於偏負面評價，可理解翻譯成「司空見慣
　　　　　　的～」。

大した：接續肯定述語，用於正面評價，可理解翻譯成「了不起
　　　　的～」；接續否定述語，用於負面評價，可理解翻譯成
　　　　「沒什麼大不了的～」。

376

（用例句熟悉文法內容）

★ ♪377-01 おかしなことに、先生はそれについて何も
言いません。
（奇怪的是，老師對那件事毫無評論。）

★ ♪377-02 仕事でとんだ間違いをしてしまって、大変
です。
（工作上犯了不該犯的錯，糟了。）

★ ♪377-03 ありふれた台詞ばっかりのドラマで、つま
らないです。
（是部台詞陳腔爛調的戲，真無聊。）

★ ♪377-04 夏目漱石は大した小説家です。
（夏目漱石是位了不起的小說家。）

相關衍生字彙

♪377-05 詩人 [shi-ji-n] 名 詩人

♪377-06 歌手 [ka-syu] 名 歌手

♪377-07 作曲家 [sa-kkyo-ku-ka]
名 作曲家

♪377-08 音楽家 [o-n-ga-ku-ka]
名 音樂家

♪377-09 作家 [sa-kka] 名 作家

♪377-10 脚本家 [kya-ku-ho-n-ka]
名 編劇

 天天都要吃水果

♪378-01 **スターフルーツ**
[su-taa-fu-ruu-tsu] 名 楊桃

♪378-02 **もも** [mo-mo]
名 水蜜桃

♪378-03 **りんご** [ri-n-go]
名 蘋果

♪378-04 **バナナ** [ba-na-na]
名 香蕉

♪378-05 **ぶどう** [bu-dou]
名 葡萄

♪378-06 **マンゴー** [ma-n-goo]
名 芒果

♪378-07 **イチゴ** [i-chi-go]
名 草莓

♪378-08 **みかん** [mi-ka-n]
名 橘子

♪378-09 **キウイ** [ki-u-i]
名 奇異果

♪378-10 **ゆず** [yu-zu] 名 柚子

♪378-11 **メロン** [me-ro-n]
名 哈密瓜

♪378-12 **すいか** [su-i-ka]
名 西瓜

♪378-13 **オレンジ** [o-re-n-ji]
名 柳橙

♪378-14 **ココナッツ**
[ko-ko-na-ttsu] 名 椰子

♪378-15 **パパイヤ** [pa-pa-i-ya]
名 木瓜

♪378-16 **トマト** [to-ma-to]
名 番茄

♪378-17 **レモン** [re-mo-n]
名 檸檬

♪379-01 〜に気を付けてください。

請小心〜

★ ♪379-02 段差に気を付けてください。

（請小心台階。）

★ ♪379-03 足元に気を付けてください。

（請小心腳步。）

★ ♪379-04 車に気を付けてください。

（請小心車輛。）

★ ♪379-05 酔っ払いに気を付けてください。

（請小心醉漢。）

★ ♪379-06 貴重品に気を付けてください。

（請小心貴重物品。）

122 表示不確定感受的連體詞

この仕事にはある程度の日本語の能力
を備えていないと、務まりません。
（不具備某種程度的日語能力便無法勝任這份工作。）

文法解説

ある：用於虛構某事物或無法明確敘述時，可理解翻譯成「某～、
某個～、有一～」。

用例句熟悉文法內容

★ ♪381-01 昔々、ある所に欲深いお爺ちゃんとお婆ちゃんがいました。

（從前從前，某個地方有一對貪婪的老爺爺和老婆婆。）

★ ♪381-02 ある人が家の前をうろうろしていて、怖いです。

（有一個人在我家前面轉來轉去的，好可怕。）

★ ♪381-03 ある晴れた日の朝、知らない人から私宛に手紙が一通届きました。

（某個晴朗的早晨，我收到一個陌生人寄給我的一封信。）

★ ♪381-04 ところが、ある時、彼女が現れてもイルカたちがボートに近寄ってこないことがありました。

（但是，某些時候，就算她現身，海豚們也都不靠近小船了。）

相關衍生字彙

♪381-05 不審者 [fu-shi-n-sya]
名 可疑者

♪381-06 容疑者 [you-gi-sya] 名 嫌犯

♪381-07 犯人 [ha-n-ni-n] 名 犯人

♪381-08 警察 [kei-sa-tsu] 名 警察

彼らのいわゆる「成功」は何の
意味もありません。
（他們所謂的成功不具任何意義。）

文法解說

いわゆる：常用於比喻或一般見解，可理解翻譯成「所謂～、所
謂的～」。

用例句熟悉文法內容

★ ♪383-01 いわゆる怪我の功名です。

（正所謂歪打正著。）

★ ♪383-02 ああいう人がいわゆる貴公子です。

（那款人正是所謂的貴公子。）

★ ♪383-03 これこそ、いわゆる瓢箪から駒というものだ。

（這正是所謂戲言成真。）

★ ♪383-04 私はお母さんが大好きです。いわゆるマザコンです。

（我最愛我媽了。也就是所謂的戀母情結。）

💠 相關衍生字彙

♪383-05 お金持ち [o-ka-ne-no-chi]
名 有錢人

♪383-06 貧乏人 [bi-n-bou-ni-n]
名 窮人

♪383-07 御曹司 [o-n-zou-shi]
名 名門子弟

♪383-08 貴族 [ki-zo-ku] 名 貴族

383

♪384-01 〜を見せてください。

請讓我看一下〜

★ ♪384-02 パスポートを見せてください。
（請讓我看一下護照。）

★ ♪384-03 鞄の中を見せてください。
（請讓我看一下包包裡面。）

★ ♪384-04 スーツケースを見せてください。
（請讓我看一下行李箱。）

★ ♪384-05 レシートを見せてください。
（請讓我看一下收據。）

★ ♪384-06 切符を見せてください。
（請讓我看一下車票。）

♪385-01 # 私は大学院で～を専攻 しています。

我在研究所專攻～

★ ♪385-02 私は大学院で**文学**を専攻しています。

（我在研究所專攻文學。）

★ ♪385-03 私は大学院で**語学**を専攻しています。

（我在研究所專攻語言學。）

★ ♪385-04 私は大学院で**教育学**を専攻していま す。

（我在研究所專攻教育學。）

★ ♪385-05 私は大学院で**経営学**を専攻していま す。

（我在研究所專攻經營學。）

★ ♪385-06 私は大学院で**法律**を専攻しています。

（我在研究所專攻法律。）

124 認識感嘆詞

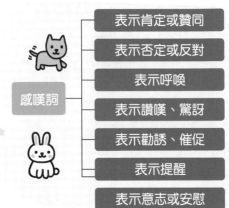

感嘆詞
- 表示肯定或贊同
- 表示否定或反對
- 表示呼喚
- 表示讚嘆、驚訝
- 表示勸誘、催促
- 表示提醒
- 表示意志或安慰

文法解說

　　如本書ユニット 006 單元所述，感嘆詞屬自立語，本身具備獨自的語意，但就像中文的「哇！」、「喂！」、「是！」等字一樣只能用來表示感嘆、呼喚或應答的語氣，既不能當主語，也不能當述語，更無法修飾其他語詞。

　　感嘆詞通常置於句首，本書依其意義大致分類如下：

表示肯定或贊同語氣的感嘆詞：え、うん、ええ、はい、そう、
　　　　　　　　　　　　　　　　　おお、へえ

表示否定或反對語氣的感嘆詞：ううん、 いえ、いいえ、いや、
　　　　　　　　　　　　　　　　なあに

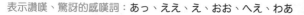

表示呼喚語氣的感嘆詞：もしもし、ほら、おい、お
　　　　　　　　　　　　　お、やあ

表示讚嘆、驚訝的感嘆詞：あっ、ええ、え、おお、へえ、わあ

表示勸誘、催促的感嘆詞：さ、さあ

表示提醒語氣的感嘆詞：そら、それ、ほら

表示意志或安慰的感嘆詞：よし

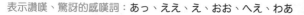

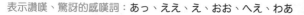

　　讀者應該也發現到某些感嘆詞還一人分飾多角，依情況不同
有多種語氣，請在學習上多加留意。

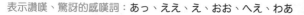

用例句熟悉文法內容

★ ♪387-01 A：ここでタバコを吸ってもいいですか？
　　　　　（可以在這裡抽菸嗎？）

　　　　　B：いいえ、いけません。（不，不可以。）

★ ♪387-02 A：富士山は夏でも雪があるよ。
　　　　　（富士山連夏天都有雪哦！）

　　　　　B：へえ。（是哦？）

相關衍生字彙

♪387-03 禁煙 [ki-n-e-n]
　　　　 名 禁菸、戒菸

♪387-04 禁煙室 [ki-n-e-n-shi-tsu]
　　　　 名 禁菸室

♪387-05 電子タバコ [de-n-shi-ta-ba-ko]
　　　　 名 電子菸

♪387-06 肺がん [ha-i-ga-n] 名 肺癌

パート
6

讓句子表達更加豐富

387

女って分かり
づらいですよ。
（女人，很難捉摸的哦！）

ええ、分かって
います。
（嗯，我懂。）

用例句熟悉文法內容

♪388-01 A：あなたは洪さんですか？（你是洪先生嗎？）

B：え、そうです。（嗯，對啊！）
口氣上較不客氣鄭重

♪388-02 A：ここでタバコを吸ってもいいですか？
（這裡可以抽菸嗎？）

B：え、どうぞ。（嗯，請便。）

♪388-03 A：あなたも行くの？（你也要去哦？）

B：うん、行くよ。（嗯，當然。）
口氣上較不客氣鄭重

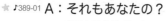

★ ♪389-01 A：それもあなたの？

（那也是你的嗎？）

B：うん、そうだよ。（嗯，沒錯。）

★ ♪389-02 A：お元気ですか？（您好嗎？）

B：ええ、元気です。（是，我很好。）
口氣上較不客氣鄭重

★ ♪389-03 A：あなたは台湾人ですか？（你是台灣人嗎？）

B：はい、私は台湾人です。（是的，我是台灣人。）
表示贊同或回應長輩要求，口氣上較為客氣鄭重

★ ♪389-04 A：鈴木君、この件はあなたに任せたぞ。

（鈴木，這件事就交給你囉！）

B：はい。（遵命。）

★ ♪389-05 A：これもあなたのですか？（這也是你的嗎？）

B：はい、そうです。（對，沒錯。）
口氣上較為客氣鄭重

★ ♪389-06 A：今日も寒いですね。（今天也好冷哦！）

B：そうですね。（對啊。）

★ ♪389-07 係長：課長、いますか？（課長您在嗎？）

課長：おお、ここだ。（嗯，我在這）
屬男性用語，口氣上較不客氣鄭重

126 表示否定或反對語氣的感嘆詞

A：お誕生日は二日ですか？
（您生日是二號嗎？）

B：いえ、二十日です。二十日。
（不，是二十號。二十號。）

用例句熟悉文法內容

♪390-01 A：あなたは洪さんですか？（你是洪先生嗎？）

B：ううん、違いますけど。（不，不是耶！）
回答對方問題並表示否定或不贊同，口氣上較不客氣鄭重

♪390-02 A：映画を見に行くんだけど、行かない？
（我要去看電影，要去嗎？）

B：ううん、今、それどころじゃないの。
（不行耶，現在沒那個閒工夫。）

♪391-01 A：日本語、お上手ですね。（您日語真好耶。）

B：<u>いえ</u>、そんなことはありません。
回答對方問題並表示否定或不贊同，口氣上較不客氣鄭重
（沒有啦，才沒那回事。）

♪391-02 A：寒い？（冷嗎？）

B：<u>いや</u>、寒くない。（嗯～不冷。）
回答對方問題並表示否定或不贊同，口氣上較不客氣鄭重

♪391-03 A：食べないの？（你不吃嗎？）

B：いや、食べるよ。（嗯～我要吃。）

♪391-04 A：日本の方ですか？（您是日本人嗎？）

B：<u>いいえ</u>、日本人じゃありません。
用於回答對方問題並表示否定或不贊同甚至禁止，口氣上較為
客氣鄭重
（不是，我不是日本人。）

♪391-05 なあに、風邪ぐらいで会社を休むわけがない
否定或不贊同對方意見或帶點自以為是的口氣，口氣上較不客氣鄭
重，屬男性用語
だろう？
（沒什麼！怎可能感冒就跟公司請假？）

♪391-06 なあに、紙と鋏があれば簡単にできるよ。
（沒什麼啦！我只要有紙跟剪刀就可以輕鬆完成哦。）

♪392-01 私は～がいます。

我有～

★ ♪392-02 私は恋人がいます。

（我有情人。）

★ ♪392-03 私は兄弟がいます。

（我有兄弟姐妹。）

★ ♪392-04 私は弟と妹がいます。

（我有弟弟和妹妹。）

★ ♪392-05 私は兄と姉がいます。

（我有哥哥和姐姐。）

★ ♪392-06 私は家族がいます。

（我有家人。）

♪393-01 ～で行きます。

搭～去

★ ♪393-02 バスで行きます。
（搭公車去。）

★ ♪393-03 タクシーで行きます。
（搭計程車去。）

★ ♪393-04 電車で行きます。
（搭電車去。）

★ ♪393-05 新幹線で行きます。
（搭新幹線去。）

★ ♪393-06 飛行機で行きます。
（搭飛機去。）

表示呼喚語氣的感嘆詞

やあ、鈴木君、お久しぶり。
(唉呀，鈴木，好久不見了)

用例句熟悉文法內容

★ ♪394-01 もしもし、マリーさんですか？こんにちは。
打電話時的開頭語（一般口氣）
(喂～請問是瑪莉小姐嗎？妳好)

★ ♪394-02 もしもし、清水先生のお宅ですか？
(喂～請問是清水老師府上嗎？)

★ ♪394-03 もしもし、ハンカチ、落ちてるよ。
呼喚（口氣較不客氣鄭重）
(喂！你手帕掉了哦！)

★ ♪394-04 もしもし、どこかで会ったっけ？
(喂！是不是在哪見過來著？)

★ ♪395-01 **ほら**、あそこにきれいなお姉
表示呼喚別人
ちゃんがいますよ！
（你看，那邊有位漂亮的大姊姊哦！）

★ ♪395-02 **ほら！**
表示責備時的口氣，意指對方沒聽勸結果又搞砸時
（你看！）

★ ♪395-03 **おい**、美冴、朝飯まだ？
用於呼喚別人時，較不客氣鄭重，屬男性用語
（喂，美冴，早飯還沒好啊？）

★ ♪395-04 **おい**、スリッパ持ってきて！
（喂，拿拖鞋來！）

★ ♪395-05 **おお**、どうした？
用於呼喚別人時，較不客氣鄭重，屬男性用語
（喂，你怎麼了啦？）

★ ♪395-06 **おお**、行くのか？行かないのか？
（喂，你是去還是不去？）

★ ♪395-07 **やあ**、それは驚きました。
用於吃驚或呼叫別人時，屬男性用語
（唉呀，真令人驚訝。）

★ ♪395-08 **やあ**、鈴木君、お久しぶり。
（唉呀，鈴木，好久不見了。）

おお、驚いた！
（哇嗚，嚇我一跳！）

用例句熟悉文法內容

★ ♪396-01 あっ、すみません。
常用於提醒別人及自己表達驚訝
（啊，不好意思。）

★ ♪396-02 あっ、定期券を忘れた！
（啊，忘了帶回數票。）

★ ♪396-03 ええ？そうなの？
跟前述表示贊同的「ええ」同字，但音調要往上揚以表達質疑或驚訝
（蛤？是這樣嗎？）

★ ♪397-01 ええ？本当ですか？

（什麼？是真的嗎？）

★ ♪397-02 えっ、空き巣なの？
跟前述表示贊同的「え」同字，但音調要往上揚以表達驚訝的口氣
（什麼？是闖空門哦？）

★ ♪397-03 えっ、ひまわりがいないって？

（什麼？你說小葵不見了？）

★ ♪397-04 おお、きれいだ！
跟前述表示贊同的「おお」同字，但音調要往上揚以表達感動讚嘆或驚訝
（哇嗚，真美！）

★ ♪397-05 へえ、あんたもすごいじゃん？
用於對對方描述表示驚訝或佩服，音調要往上揚
（嗯～你也蠻厲害的嘛！）

★ ♪397-06 わあ、びっくりしました。
表示驚訝或佩服的口氣
（哇！嚇死我了。）

★ ♪397-07 わあ、きれいですね。
（哇！好美哦！）

 不可不知的關鍵句型

♪398-01 明日から～の旅行なんです。

明天要～的旅行了

★ ♪398-02 明日から一泊二日の旅行なんです。
（明天要二天一夜的旅行了。）

★ ♪398-03 明日から二泊三日の旅行なんです。
（明天要三天二夜的旅行了。）

★ ♪398-04 明日から三泊四日の旅行なんです。
（明天要四天三夜的旅行了。）

★ ♪398-05 明日から四泊五日の旅行なんです。
（明天要五天四夜的旅行了。）

★ ♪398-06 明日から五泊六日の旅行なんです。
（明天要六天五夜的旅行了。）

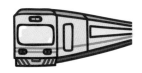

 不可不知的關鍵句型

♪399-01 **〜までいくらですか？**

到〜要多少錢？

★ ♪399-02 **駅までいくらですか？**
（到車站要多少錢？）

★ ♪399-03 **空港までいくらですか？**
（到機場要多少錢？）

★ ♪399-04 **上野公園までいくらですか？**
（到上野公園要多少錢？）

★ ♪399-05 **皇居までいくらですか？**
（到皇居要多少錢？）

★ ♪399-06 **三越デパートまでいくらですか？**
（到三越百貨要多少錢？）

399

さ、そろそろ帰ろう！

（嘿！差不多該回家了）

用例句熟悉文法內容

★ ♪400-01 さあ、入って、入って！

（來！快進來，快進來）

★ ♪400-02 さあ、ご覧ください。

（來，請看。）

★ ♪400-03 さあ、始めましょう。

（來，讓我們開始吧。）

♪401-01 さ、おばあさんがすぐ来ます。早く片付けなさい。

（嘿，祖母很快就要來了，快點收拾。）

♪401-02 さあ、みなさん、こちらへ。

（來，大家到這邊來。）

🌟 相關衍生字彙

♪401-03 招待 [syou-ta-i] 名 邀請

♪401-04 おもてなし
[o-mo-te-na-shi] 名 款待

♪401-05 お土産 [o-mi-ya-ge]
名 伴手禮

♪401-06 お返し [o-ka-e-shi]
名 回禮

♪401-07 つまらないもの
[tsu-ma-ra-na-i-mo-no]
名 小小心意

♪401-08 ほんの気持ち
[ho-n-no-ki-mo-chi]
名 小小心意

それ、見たことか？

獻寶時臭屁的口氣

（嘿，怎麼樣？）

文法解說

そら：常用於交付東西給別人或有急事欲提醒對方時。

それ：常用於有急事欲提醒對方時。

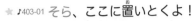

用例句熟悉文法內容

★ ♪403-01 そら、ここに置いとくよ！

（唔，我先擺這兒囉！）

★ ♪403-02 そら、急げ！

（喂，快點！）

★ ♪403-03 それ、行け！

（嘿，走吧！）

相關衍生字彙

♪403-04 宝 [ta-ka-ra] 名 寶貝、珠寶

♪403-05 宝くじ [ta-ka-ra-ku-ji]
名 彩券

♪403-06 宝塚 [ta-ka-ra-zu-ka]
名 寶塚歌舞團

♪403-07 宝島 [ta-ka-ra-ji-ma]
名 金銀島

♪403-08 宝船 [ta-ka-ra-bu-ne]
名 吉祥畫─寶船圖

♪403-09 宝石 [hou-se-ki] 名 寶石

♪404-01 これは～という～です。

這是叫做～的～

★ ♪404-02 これはアボカドという果物です。
（這是叫做酪梨的水果。）

★ ♪404-03 これはほうれん草という野菜です。
（這是叫做波菜的蔬菜。）

★ ♪404-04 これは峰というタバコです。
（這是叫做峰的香菸。）

★ ♪404-05 これは七味という調味料です。
（這是叫做七味的調味料。）

★ ♪404-06 これはアワビという高級食材です。
（這是叫做鮑魚的高檔食材。）

不可不知的關鍵句型

パート
6

讓句子表達更加豐富

♪405-01 〜ことがあります。

有時候〜

★ ♪405-02 忙しい時、食事を忘れることがあります。

（一忙起來，有時候會忘記吃飯。）

★ ♪405-03 単語を間違えると、相手に誤解されることがあります。

（一旦搞錯單字，有時候會招致對方誤解。）

★ ♪405-04 どんなに仲がいい友達でも喧嘩することがあります。

（不管感情多麼好的朋友，有時候還是會吵架。）

★ ♪405-05 ベテランの彼でも、時には失敗することがあります。

（就連老鳥的他，有時候都還會搞砸。）

★ ♪405-06 冬になると、雪が1mほど積もることがあります。

（一到冬天，有時候積雪會多達一公尺左右。）

405

ユニット
131 表示意志或安慰的感嘆詞

よし、よし、お利
こう□さんね。
（好～好～真乖！）

文法解說

よし：

　　1. 表示意志，常用於類似發誓的場景裡。

　　2. 表示安慰，常用於表達對小孩子、動物的憐憫之情，重覆兩次以加強語氣的情況更為多見。

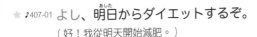

用例句熟悉文法內容

★ ♪407-01 よし、明日からダイエットするぞ。

（好！我從明天開始減肥。）

★ ♪407-02 よし、絶対負けないよ。

（好！我絕不會輸的。）

★ ♪407-03 よし、明日から勉強しよう。

（好！我從明天開始念書。）

★ ♪407-04 よし、よし、今から助けてやるぞ。

（好了，乖，我現在就幫你。）

★ ♪407-05 よし、もう泣かないでよ。

（乖，別再哭了！）

相關衍生字彙

♪407-06 運動します
[u-n-dou-shi-ma-su] 動 運動

♪407-07 走ります [ha-shi-ri-ma-su]
動 跑步

♪407-08 踊ります [o-do-ri-ma-su]
動 跳舞

♪407-09 水泳 [su-i-ei] 名 游泳

♪407-10 ヨガ [yo-ga] 名 瑜珈

♪407-11 縄跳び [na-wa-to-bi]
名 跳跳繩

 育兒可是很辛苦的

♪408-01 妊娠 [ni-n-shi-n]
名 懷孕

♪408-02 妊婦 [ni-n-pu] 名 孕婦

♪408-03 出生前診断
[syu-ssyou-ma-e-shi-n-da-n]
名 產檢

♪408-04 出産育児休暇
[syu-ssa-n-i-ku-ji-kyuu-ka]
名 產假

♪408-05 流産 [ryuu-za-n]
名 流產

♪408-06 母子手帳
[bo-shi-te-chou]
名 兒童手冊

♪408-07 おしりふき
[o-shi-ri-fu-ki]
名 （擦屁股用）濕紙巾

♪408-08 おむつ [o-mu-tsu]
名 尿布

♪408-09 ベビーカー
[be-bii-kaa] 名 嬰兒車

♪408-10 おしゃぶり
[o-sya-bu-ri] 名 奶嘴

♪408-11 哺乳瓶 [ho-nyuu-bi-n]
名 奶瓶

♪408-12 粉ミルク
[ko-na-mi-ru-ku] 名 奶粉

 不可不知的關鍵句型

♪409-01 **～によって、～。**

根據～，而～

★ ♪409-02 人によって、性格も違います。

（個性因人而異。）

★ ♪409-03 明日は地域によって、雨が降ります。

（明天有些地區會下雨。）

★ ♪409-04 時間によって、忙しい時もあるが、暇なときもあります。

（根據時間，有時忙，有時閒。）

★ ♪409-05 教師によって、教え方が変わることもあります。

（教師不同，教法有時也不一樣。）

★ ♪409-06 同じ言葉でも、場合によって、意味が違います。

（同樣一個字，場合不同，意思就不同。）

藍字為平假名，綠字為片假名

清音

段\行	あ		い		う		え		お	
あ	あ	ア	い	イ	う	ウ	え	エ	お	オ
か	か	カ	き	キ	く	ク	け	ケ	こ	コ
さ	さ	サ	し	シ	す	ス	せ	セ	そ	ソ
た	た	タ	ち	チ	つ	ツ	て	テ	と	ト
な	な	ナ	に	ニ	ぬ	ヌ	ね	ネ	の	ノ
は	は	ハ	ひ	ヒ	ふ	フ	へ	ヘ	ほ	ホ
ま	ま	マ	み	ミ	む	ム	め	メ	も	モ
や	や	ヤ			ゆ	ユ			よ	ヨ
ら	ら	ラ	り	リ	る	ル	れ	レ	ろ	ロ
わ	わ	ワ							を	ヲ
	ん	ン								

濁音與半濁音

段 行	あ		い		う		え		お	
が	が	ガ	ぎ	ギ	ぐ	グ	げ	ゲ	ご	ゴ
ざ	ざ	ザ	じ	ジ	ず	ズ	ぜ	ゼ	ぞ	ゾ
だ	だ	ダ	ぢ	ヂ	づ	ヅ	で	デ	ど	ド
ば	ば	バ	び	ビ	ぶ	プ	べ	ベ	ぼ	ボ
ぱ	ぱ	パ	ぴ	ピ	ぷ	プ	ぺ	ペ	ぽ	ポ

拗音

い段	や		ゆ		よ	
き	きゃ	キャ	きゅ	ヒュ	きょ	キョ
し	しゃ	シャ	しゅ	シュ	しょ	ショ
ち	ちゃ	チャ	ちゅ	チュ	ちょ	チョ
ぢ	ぢゃ	ヂャ	ぢゅ	ヂュ	ぢょ	ヂョ
に	にゃ	ニャ	にゅ	ニュ	にょ	ニョ
ひ	ひゃ	ヒャ	ひゅ	ヒュ	ひょ	ヒョ
み	みゃ	ミャ	みゅ	ミュ	みょ	ミョ
り	りゃ	リャ	りゅ	リュ	りょ	リョ
ぎ	ぎゃ	ギャ	ぎゅ	ギュ	ぎょ	ギョ
じ	じゃ	ジャ	じゅ	ギュ	じょ	ジョ
び	びゃ	ビャ	びゅ	ビュ	びょ	ビョ
ぴ	ぴゃ	ピャ	ぴゅ	ピュ	ぴょ	ピョ

形容詞變化表

かわいい（可愛的）

變化	肯定	否定
現在式	かわいいです	かわいくないです かわいくありません
過去式	かわいかったです	かわいくなかったです かわいくありませんでした
て形	かわいくて	
副詞形	かわいく	
名詞形	かわいさ	
假設形	かわいければ、かわいいと、 かわいかったら、かわいいなら	

いい（好的）

變化	肯定	否定
現在式	いいです	よくないです よくありません
過去式	よかったです	よくなかったです よくありませんでした
て形	よくて	
副詞形	よく	

名詞形	よさ
假設形	よければ、よかったら、いいと、いいなら

 形容動詞變化表

親切な（親切的）

變化	肯定	否定
現在式	親切です	親切ではないです 親切ではありません
過去式	親切でした	親切ではなかったです 親切ではありませんでした
て形	親切で	
副詞形	親切に	
名詞形	親切、親切さ	
假設形	親切ならば、親切だったら、親切だと、親切なら	

Ⅰ類動詞變化表

話します（說）

て形	ない形	原形	た形	假設形	命令形	意量形
話_{はな}して	話_{はな}さない	話_{はな}す	話_{はな}した	話_{はな}せば	話_{はな}せ	話_{はな}そう

書きます（寫）

て形	ない形	原形	た形	假設形	命令形	意量形
書_かいて	書_かかない	書_かく	書_かいた	書_かけば	書_かけ	書_かこう

買います（買）

て形	ない形	原形	た形	假設形	命令形	意量形
買_かって	買_かわない	買_かう	買_かった	買_かえば	買_かえ	買_かおう

急ぎます（趕）

て形	ない形	原形	た形	假設形	命令形	意量形
急_{いそ}いで	急_{いそ}がない	急_{いそ}ぐ	急_{いそ}いだ	急_{いそ}げば	急_{いそ}げ	急_{いそ}ごう

飲みます（喝）

て形	ない形	原形	た形	假設形	命令形	意量形
飲んで	飲まない	飲む	飲んだ	飲めば	飲め	飲もう

行きます（去）

て形	ない形	原形	た形	假設形	命令形	意量形
行って	行かない	行く	行った	行けば	行け	行こう

II 類動詞變化表

起きます（起床）

て形	ない形	原形	た形	假設形	命令形	意量形
起きて	起きない	起きる	起きた	起きれば	起きろ	起きよう

食べます（吃）

て形	ない形	原形	た形	假設形	命令形	意量形
食べて	食べない	食べる	食べた	食べれば	食べろ	食べよう

見ます（看）

て形	ない形	原形	た形	假設形	命令形	意量形
見て	見ない	見る	見た	見れば	見ろ	見よう

III 類動詞變化表

します（做）

て形	ない形	原形	た形	假設形	命令形	意量形
して	しない	する	した	すれば	しろ	しよう

来ます（來）

て形	ない形	原形	た形	假設形	命令形	意量形
来て	来ない	来る	来た	来れば	来い	来よう

常用敬語表

中文	動詞	敬體
說	言_いいます	おっしゃいます
做	します	なさいます
看	見_みます	ご覧_{らん}になります
給	くれます	くださいます
穿	着_きます	お召_めしになります
認識	知_しっています	ご存知_{ぞんじ}です
吃	食_たべます	召_めし上_あがります
喝	飲_のみます	
去	行_いきます	いらっしゃいます
給	与_{あた}えます	賜_{たまわ}ります

常用擬聲、擬態副詞

中文意思	擬聲副詞
情侶卿卿我我的樣子	いちゃいちゃ
煩躁地	いらいら
打瞌睡	うとうと
因為緊張、不安而無法冷靜的樣子	おどおど
閃爍地	きらきら
緊緊地	ぎゅっ（と）
咬牙聲	ぎりぎり
極限地	ぎりぎり
慢吞吞地	ぐずぐず
悄悄地	こそこそ
偷偷摸摸地	こっそり
趕緊的樣子	さっさと
清爽的樣子	さっぱり
好好地	しっかり
凝視	じろじろ
（心情）舒暢	すっきり

中文意思	擬聲副詞
安靜地	そっと
慢慢地、差不多的樣子	そろそろ
一個接一個地	ぞろぞろ
充足地	たっぷり
輕敲聲	とんとん
心跳很快的樣子	どきどき
微笑的樣子	にこにこ
冷笑的樣子	にやにや
緊密的樣子	ぴったり
鬆一口氣的樣子	ほっと
粒狀物接連落下的樣子	ぼろぼろ
一蹋糊塗的樣子	めちゃめちゃ
煙霧冒出的樣子	もくもく
喧鬧的聲音	わいわい
大聲嚷嚷的聲音	ギャーギャー
衝擊的聲音	ドカン
拍手的聲音	パチパチ

助詞用法統整

が (P.154)

1. 表示動態、靜態動作主語
2. 表示新資訊
3. 表示眼前事實
4. 表示疑問詞當主語問與答
5. 和指示詞結合，表示語氣轉折
6. 表示連體修飾語的主語
7. 表示能力內容
8. 表示想要的內容
9. 表示好惡、擅長或不擅長的內容
10. 表示確定的逆態接續 (P.200)
11. 表示前言、開場白 (P.200)
12. 表示情況並列 (P.200)

の (P.156)

1. 表示所有、所屬
2. 表示材質
3. 表示事物內容
4. 表示動作進行的方式、事務處理的方法
5. 表示動作發生的時間
6. 表示數量
7. 表示形狀、顏色、性質
8. 表示存在地點、產地
9. 表示同位格
10. 表示連體修飾語的主語
11. 表示～（的）東西、事情、情況、人
12. 表示帶有關心的疑問 (P.218)
13. 表示加強確認 (P.218)
14. 表示口氣較輕的命令 (P.218)

を (P.158)

1. 表示動作對象或內容
2. 表示移動動作所經的場所
3. 表示動作脫離的地點
4. 表示動作變化方向
5. 表示自動詞的使役對象
6. 表示時光

に (P.160)

1. 表示特定時間
2. 表示地點
3. 表示靜態動作存在地點
4. 表示動作對象
5. 表示固定搭配
6. 表示動作的目的
7. 表示變化結果、決定結果
8. 表示他動詞的使役對象

へ (P.162)

1. 表示動作轉換方向
2. 表示歸著點
3. 表示動作對象

と (P.162)

1. 表示結果
2. 表示對話內容等的引用
3. 表示事物並列
4. 表示條件假設 (P.200)
5. 表示前言、開場白 (P.200)

や (P.162)

1. 表示列舉

より (P.166)

1. 表示比較基準
2. 表示時間、場所起點
3. 表示除此之外別無他法

から (P.166)

1. 表示時間、場所的起點
2. 表示製造原料
3. 表示原因、理由
4. 表示主觀原因、理由的順態接續 (P.204)

さ (P.222)

1. 表示質問、強烈懷疑（男生適用）
2. 提醒對方（男生適用）

ぜ (P.222)

1. 提醒對方注意（男生適用）
2. 藐視對方（男生適用）

わ (P.224)

1. 表示感動、新發現（女生適用）

かしら (P.224)

1. 表示疑問（女生適用）
2. 表示驚訝、感動（女生適用）
3. 表示婉轉要求（女生適用）

てよ (P.226)

1. 表示命令（女生適用）
2. 表示懇求（女生適用）
3. 表示讚嘆（女生適用）

もの (P.226)

1. 表示辯駁（女生適用）

こと (P.228)

1. 表示感動（女生適用）
2. 表示詢問意見、徵求同意、勸誘（女生適用）
3. 表示帶有關心語氣的命令（女生適用）
4. 表示婉轉禁止（女生適用）

ことよ (P.228)

1. 表示輕微主張（女生適用）

たら (P.230)

1. 表示嫌棄、無可奈何（女生適用）
2. 表示焦急的心情（女生適用）
3. 表示糾正、叮嚀（女生適用）

426

助動詞一覽表

助動詞	用法	頁數
です	敬體斷定（客氣鄭重的斷定）	P.238
ます	增加客氣鄭重的語氣	P.242
ない	表示否定	P.244
たい	加強說話者願望的語氣	P.248
た	加強動作過去或完了的語氣	P.252
ようです	比喻某種情形狀況	P.256
そうです	（樣態）描述事物的樣子和狀態	P.258
そうです	（傳聞）描述某事物是說話者聽來的	P.262
らしい	推測臆量事物的樣子及狀態	P.266
う／よう	表示肯定意志、勸誘、推測	P.270
まい	表示否定意志或否定推測	P.274
ぬ	表示文言否定	P.276
せます／させます	添加使役語氣	P.280
れます／られます	（被動）添加被動語氣	P.284
れます／られます	（能力）添加能力語氣	P.286
れます／られます	（尊敬）表示對說話對象或話題中的第三者加強尊敬語氣	P.290
れます／られます	（自發）置於少數特定動詞後表示無法克制或自然而然發生的心理現象	P.292
べきです	加強說話者主張的義務及理所當然的語氣	P.298

接續詞一覽表

用法	接續詞
表示列舉（P.326）	及び、並びに、また、かつ、かつまた、なおかつ
表示選擇（P.328）	ないし（は）、または、或いは、もしくは、それとも
表示辯解（P.332）	でも、だって
表示逆接、對比（P.334）	けど、だけど、ですけど、が、だが
表示轉換話題（P.338）	では、それでは、ところで、時に、さて
表示條件累加（P.342）	それに、そのうえ、しかも、また
表示連續情況及動作（P.346）	それに、そして、そうして、それから
表示前後矛盾（P.350）	でも、それでも、しかし、けど、けれど、けれども、が、だが、ですが
表示意料之外（P.352）	ところが
表示因果關係（P.356）	だから、ですから、それで、従って
表示補充說明（P.358）	ただ、ただし、なお

連體詞一覽表

用法	接續詞
表示指示（P.364）	この、その、あの、どの、わが
表示大小感受（P.366）	大きな、小さな
表示時間感受（P.368）	明くる、去る、来る
表示數量感受（P.372）	ほんの、たった、あらゆる
表示批評感受（P.376）	おかしな、とんだ、あるふれた、大した
表示不確定感受（P.380）	ある
表示說明（P.382）	いわゆる

動詞	動詞分類	中文意思	例句
痛む	自Ⅰ類	疼痛	歯が痛んで何も食べられません。 （牙痛得什麼都沒辦法吃。）
痛める	他Ⅱ類	弄痛	心を痛めます。 （心痛。）
受かる	自Ⅰ類	考中	大学に受かりました。 （考上大學了。）
受ける	他Ⅱ類	接受	試験を受けます。 （應考。）
生まれる	自Ⅱ類	出生	赤ちゃんが生まれました。 （嬰兒出生了。）
生む	他Ⅰ類	生產	小鳥が卵を生みました。 （小鳥生蛋了。）
及ぶ	自Ⅰ類	達到、匹敵	会話力では彼に及ぶ人はいません。 （說話能力沒人比得上他。）
及ぼす	他Ⅰ類	達到、波及	工業の発展に影響を及ぼします。 （影響工業發展。）
降りる	自Ⅱ類	下來、降落	霜が降ります。 （下霜。）
降ろす	他Ⅰ類	取下、拿下	幕を降ろします。 （降幕。）

動詞	動詞分類	中文意思	例句
替わる	自 I 類	更換、代替	一同に替って私から申し上げます。 （由我代替全體致詞。）
替える	他 II 類	改變、變動	タイヤを替えます。 （更換輪胎。）
返る	自 I 類	回歸、歸去	もとに返りました。 （回到原點了。）
返す	他 I 類	退還、送回	借金を返しました。 （歸還借款。）
重なる	自 I 類	重疊	日曜日と祭日が重なりました。 （週日和國定假日重疊了。）
重ねる	他 II 類	堆疊	本を重ねます。 （疊書。）
消える	自 II 類	熄滅、消失	光が消えました。 （光滅了。）
消す	他 I 類	關掉、消去	電気を消してください。 （請關燈。）
切れる	自 II 類	斷開	糸が切れました。 （線斷了。）
切る	他 I 類	切開	爪を切ります。 （剪指甲。）

動詞	動詞分類	中文意思	例句
上がる	自I類	上、登	どうぞお上がりください。 （請進。）
上げる	他II類	抬高	手を上に上げてください。 （請把手往上舉。）
開く	自I類	開	窓が開いています。 （窗戶開開的。）
開ける	他II類	把～打開	窓を開けてください。 （請開窗戶。）
温まる	自I類	暖和	火に当たって温まります。 （烤火取暖。）
温める	他II類	溫、熱	ご飯を温めてください。 （請把飯熱一熱。）
改まる	自I類	更新	年が改まります。 （過年。）
改める	他II類	改變	見方を改めます。 （改變看法。）
入る	自I類	進入	部屋に入らないでください。 （請勿進入房間。）
入れる	他II類	把～放入	お金を自動販売機に入れます。 （把錢投入自動販賣機。）

動詞	動詞分類	中文意思	例句
動く	自Ⅰ類	動	虫が動いています。 （蟲在動。）
動かす	他Ⅰ類	移動	机を動かします。 （移動桌子。）
起きる	自Ⅱ類	起床	六時に起きます。 （六點起床。）
起こす	他Ⅰ類	引發、叫～起床	問題を起こしやすいです。 （容易引起問題。）
納まる	自Ⅰ類	容納	道具が箱の中に納まりました。 （工具收進箱裡了。）
納める	他Ⅱ類	繳納	税金を納めます。 （納税。）
現れる	自Ⅱ類	出現	効果が現れます。 （出現效果。）
現す	他Ⅰ類	顯露	彼は本性を現しました。 （他露出本性了。）
下る	自Ⅰ類	下降	坂を下ります。 （走下坡道。）
下す	他Ⅰ類	降低	階級を下します。 （降階。）

動詞	動詞分類	中文意思	例句
降りる	自II類	降落	バスを降ります。 （下公車。）
降ろす	他I類	取下	トラックから荷物を降ろしてください。 （把行李從卡車上拿下來。）
終わる	自I類	完結	仕事は六時に終わりました。 （工作六點結束了。）
終える	他II類	結束	テストを終えます。 （結束考試。）
掛かる	自I類	掛、花費	時計が壁に掛かっています。 （時鐘掛在牆上。）
掛ける	他II類	掛上	地図を壁に掛けます。 （把地圖掛在牆上。）
固まる	自I類	凝固、變硬	血が固まりました。 （血凝固了。）
固める	他II類	鞏固、弄穩	基礎を固めます。 （鞏固基礎。）
決まる	自I類	決定、有結果	仕事は決まりましたか。 （工作有著落了嗎？）
決める	他II類	決定	行くかどうか早く決めてください。 （請快點決定要不要去。）

動詞	動詞分類	中文意思	例句
肥える	自Ⅱ類	土地肥沃	土が肥えています。 （土地肥沃。）
肥やす	他Ⅰ類	使滿足	私腹を肥やしてはいけません。 （不可以中飽私囊。）
転がる	自Ⅰ類	滾動	鉛筆が机の上から転がり落ちました。 （鉛筆從桌上滾落。）
転がす	他Ⅰ類	使～滾動	ボールを転がします。 （讓球滾動。）
定まる	自Ⅰ類	決定	考えが定まりません。 （想法不定。）
定める	他Ⅱ類	決定	日を定めます。 （定日期。）
覚める	自Ⅱ類	醒過來	目が覚めます。 （醒過來。）
覚ます	他Ⅰ類	喚醒	目を覚まします。 （醒過來。）
絶える	自Ⅱ類	終了	水が絶えます。 （斷水。）
絶やす	他Ⅰ類	消滅	鼠を絶やします。 （滅鼠。）

動詞	動詞分類	中文意思	例句
助かる	自Ⅰ類	得救	助かった人は一人もいません。 （沒人獲救。）
助ける	他Ⅱ類	幫助	子供を助けます。 （幫助孩子。）
建つ	自Ⅰ類	建	家が建ちました。 （房子蓋好了。）
建てる	他Ⅱ類	建	家を建てます。 （蓋房子。）
散らかる	自Ⅰ類	零亂	部屋が散らかっています。 （房間亂七八糟。）
散らかす	他Ⅰ類	弄得亂七八糟	ゴミを散らかします。 （弄亂垃圾。）
着く	自Ⅰ類	到達	羽田空港に着きました。 （到達羽田機場了。）
着ける	他Ⅱ類	穿上、佩帶	着物を身に着けます。 （把和服穿上身。）
就く	自Ⅰ類	從事	林さんが会長の任に就きます。 （林先生將就任會長一職。）
就ける	他Ⅱ類	使就坐、使當（職位）	林さんを会長に就けます。 （讓林先生當會長。）

動詞	動詞分類	中文意思	例句
続く	自Ⅰ類	接連發生、繼續	雨が五日間も降り続きました。 （連下五天的雨。）
続ける	他Ⅱ類	繼續	努力を続けます。 （繼續努力。）
強まる	自Ⅰ類	強烈起來	風当たりが強まります。 （風勢增強。）
強める	他Ⅱ類	加強	語調を強めます。 （加強語調。）
整う	自Ⅰ類	整齊	長さが整っています。 （長度一致。）
整える	他Ⅱ類	整理	鏡の前で衣服を整えます。 （在鏡前整衣。）
飛ぶ	自Ⅰ類	飛翔	鳥が空を飛んでいます。 （鳥在空中飛。）
飛ばす	他Ⅰ類	使～起飛	凧を飛ばします。 （放風箏。）
過ぎる	自Ⅱ類	經過	夏休みが過ぎました。 （暑假過了。）
過ごす	他Ⅰ類	度過	梨山で夏を過ごしました。 （在梨山過暑假。）

動詞	動詞分類	中文意思	例句
済む	自 I 類	結束	やっと手続きが済みました。 （終於辦完手續了。）
済ます	他 I 類	弄完	仕事を済ませます。 （搞定工作。）
染まる	自 I 類	染上	布が綺麗に染まります。 （布染得很漂亮。）
染める	他 II 類	沾染	爪を赤く染めます。 （把指甲染紅。）
高まる	自 I 類	提高	生活水準が高まりました。 （生活水準提高了。）
高める	他 II 類	提高	生活水準を高めます。 （提高生活水準。）
立つ	自 I 類	站起來	サリーさん、立ってください。 （莎莉同學，請站起來。）
立てる	他 II 類	立起	旗を立てます。 （把旗子豎起來。）
下がる	自 I 類	往後退	白線まで下がってください。 （請退後到白線。）
下げる	他 II 類	放低	手を下に下げてください。 （請把手放下來。）

438

動詞	動詞分類	中文意思	例句
冷める	自II類	變冷	冷めないうちに早く食べてください。 （請趁熱盡早食用。）
冷ます	他I類	冷卻	ビールを冷まします。 （把啤酒冰一冰。）
閉まる	自I類	關閉	ドアが閉まっています。 （門關著。）
閉める	他II類	關閉	ドアを閉めてください。 （請關門。）
進む	自I類	前進	仕事がうまく進んでいます。 （工作進行順利。）
進める	他II類	使前進	会議を進めます。 （開會。）
育つ	自I類	成長	子供が育ちました。 （孩子長大了。）
育てる	他II類	養育	子供を育てます。 （養育孩子。）
泊まる	自I類	投宿	宿に泊まります。 （投宿飯店。）
泊める	他II類	讓～留宿	客を泊めます。 （留宿客人。）

動詞	動詞分類	中文意思	例句
直る	自Ⅰ類	改正、修復	時計が直りました。 （錶修好了。）
直す	他Ⅰ類	把～修好	テープレコーダーを直してください。（請把錄放音機修好。）
鳴る	自Ⅰ類	鳴叫	鐘が鳴ります。（鐘響。）
鳴らす	他Ⅰ類	使～鳴放	爆竹を鳴らして応援します。 （放鞭炮來加油。）
付く	自Ⅰ類	附著	唇に何か付いています。 （嘴唇上沾著什麼東西。）
付ける	他Ⅱ類	抹上	パンにバターを付けます。 （在麵包上抹奶油。）
伝わる	自Ⅰ類	流傳	漢字は朝鮮を経て日本に伝わったのだそうです。 （聽說漢字是經由朝鮮傳來日本的。）
伝える	他Ⅱ類	轉告	宿題を忘れないように伝えてください。 （請跟他們說別忘了寫功課。）
積もる	自Ⅰ類	堆積	雪が積もります。（積雪。）
積む	他Ⅰ類	堆積	船に荷物を積みます。 （把行李堆在船上。）

動詞	動詞分類	中文意思	例句
届く	自I類	達到	この薬を子供の手が届かない所に置いてください。（請把這個藥放在孩子的手搆不到的地方。）
届ける	他II類	送達	この荷物を田中さんのところに届けてください。（請把這個行李送到田中先生那。）
止まる	自I類	停止	涙がぽろぽろ止まりません。（淚流不止。）
止める	他II類	擋住	車は石で止めてあります。（車子用石頭擋著。）
流れる	自II類	流動	川が流れています。（河水流動。）
流す	他I類	使流動、搓背	背中を流してあげましょうか。（我來幫你刷背吧！）
慣れる	自II類	習慣	もう日本の生活に慣れました。（已經習慣日本的生活了。）
慣らす	他I類	使習慣	体を寒さに慣らします。（讓身體習慣寒冷。）
乗る	自I類	搭乘	バスに乗ります。（搭公車。）
乗せる	他II類	裝運	荷物をトラックに乗せます。（把行李放在卡車上。）

動詞	動詞分類	中文意思	例句
の 伸びる	自II類	延長、 長長	かみ の 髪が伸びます。 （頭髮長長了。）
の 伸ばす	他I類	拉長、 擴展	せいりょく の 勢力を伸ばします。 （延伸勢力。）
は 生える	自II類	生長	は は 歯が生えます。 （牙齒長出來。）
は 生やす	他I類	留（ 毛髮）	ひげ は 髭を生やします。 （蓄鬍。）
はず 外れる	自II類	脫落	しょうじ はず 障子が外れます。 （日式拉窗脫落。）
はず 外す	他I類	取下	めがね はず 眼鏡を外してください。 （請把眼鏡拿下來。）
はな 放れる	自II類	脫離	つな はな うま 綱から放れた馬。 （脫韁之馬。）
はな 放す	他I類	放開	ハンドルから手を放してはいけません。 （手不宜離開方向盤。）
ひろ 広がる	自I類	蔓延、 擴大	でんせんびょう ひろ 伝染病が広がります。 （傳染病擴散。）
ひろ 広げる	他II類	展開	ちず ひろ 地図を広げます。 （展開地圖。）

動詞	動詞分類	中文意思	例句
増える	自II類	増加	日本語を習う人が増えてきました。（學日語的人增加了。）
増やす	他I類	使～增加	資金を増やします。（增資。）
残る	自I類	殘留	家に残ります。（留在家裡。）
残す	他I類	剩下	いいのを残して、悪いのを捨てます。（去蕪存菁。）
始まる	自I類	開始	学校はいつ始まりますか。（學校何時開學？）
始める	他II類	開始	仕事を始めます。（開始工作。）
減る	自I類	減少	人数が五人に減りました。（人數減至五人。）
減らす	他I類	使～減少	人数を五人減らします。（人數減五人。）

－メモ－

－メモ－

國家圖書館出版品預行編目（CIP）資料

睡前5分鐘的日語文法課 / 洪玉樹著. -- 初版. --
臺北市：易富文化, 2020.01
　面；　公分
ISBN 978-986-407-131-9(平裝附光碟片)
1.日語 2.語法
803.16　　　　　　　　　　　　108019217

《睡前5分鐘的
日語
文法課

書名 / 睡前5分鐘的日語文法課
作者 / 洪玉樹
審訂者 / 清水裕美子
發行人 / 蔣敬祖
出版事業群總經理 / 廖晏婕
出版暨流通事業群總經理 / 施宏
總編輯 / 劉俐伶
執行編輯 / 阮珮菁
校對 / 堀內絢嘉
視覺指導 / 姜孟傑、鍾維恩
內文排版 / 黃雅芬
插畫 / 我識文創 李宜璟
法律顧問 / 北辰著作權事務所蕭雄淋律師
印製 / 皇甫彩藝印刷事業有限公司
初版 / 2020年1月
出版 / 我識出版教育集團——懶鬼子英日語
電話 / (02) 2345-7222
傳真 / (02) 2345-5758
地址 / 台北市忠孝東路五段372巷27弄78之1號1樓
網址 / www.17buy.com.tw
E-mail / iam.group@17buy.com.tw
facebook網址 / www.facebook.com/ImPublishing
定價 / 新台幣379元、港幣126元（附光碟）

總經銷 / 我識出版社有限公司業務部
地址 / 新北市汐止區新台五路一段114號12樓
電話 / (02) 2696-1357 傳真 / (02) 2696-1359

地區經銷 / 易可數位行銷股份有限公司
地址 / 新北市新店區寶橋路235巷6弄3號5樓

港澳總經銷 / 和平圖書有限公司
地址 / 香港柴灣嘉業街12號百樂門大廈17樓
電話 / (852) 2804-6687 傳真 / (852) 2804-6409

2011 不求人文化

2009 懶鬼子英日語

我識出版教育集團
I'm Publishing Edu. Group
www.17buy.com.tw

2005 意識文化

2005 易富文化

2003 我識地球村

2001 我識出版社

2011 不求人文化

2009 懶鬼子英日語

我識出版教育集團
I'm Publishing Edu. Group
www.17buy.com.tw

2005 意識文化

2005 易富文化

2003 我識地球村

2001 我識出版社